図書館のお夜食

原田ひ香

目次

第一話　しろばんばのカレー　5
第二話　「ままや」の人参ご飯　65
第三話　赤毛のアンのパンとバタときゅうり　123
第四話　田辺聖子の鰯のたいたんとおからのたいたん　181
最終話　森瑤子の缶詰料理　243

装丁　須田杏菜
装画　花松あゆみ
カバー裏デザイン　髙橋美帆子
（ポプラ社デザイン室）

第一話

しろばんばのカレー

自己紹介……というほどでもないが、図書館の前で彼に自分の名前を名乗った時、樋口乙葉《ひぐちおとは》は、肩すかしと安堵という複雑な気持ちを抱いた。

乙葉の名前を聞くと、たいていの人はこう言う。

「樋口乙葉？　樋口一葉《ひぐちいちよう》から取った名前ですか？」

さらに、本が好きな人はこう尋ねる。

「樋口一葉で一番好きな作品は何？」

しかし彼は簡単にこう言った。

「初めまして、僕は篠井《ささい》弓弦《ゆづる》と申します。それでは、図書館の中を案内しましょう」

そして、くるっときびすを返して歩き出した。

身長は百七十五センチくらい、細身で、顔は地味だけどきれいな鼻の形をしている。身長百六十センチ足らずの乙葉は彼の肩くらいまでしか届かない。人によってはイケメンと言うかもしれないし、地味すぎると言う人もいるだろう、というような顔をしていた。

それでも、彼は見た目や言葉ほどは素っ気ないわけでもないらしく、乙葉が引きずってきた車輪付きのスーツケースに気がつくと手を差し伸べて「よかったら、持ちましょうか」と言った。

「いいんです。これ、ちょっと壊れていて……引くのにコツがいるんです。車輪の一つが取れそうになってるから、そこを使わないようにしないと……」

その時、彼の顔がぱあっと輝いた。

「赤毛のアン?」

「え」

思わず聞き返すと、彼は恥ずかしそうに微笑んだあと、顔を引き締めた。

「いえ、すみません。じゃあ、中に入ったら受付のところに置いておくといいでしょう」

「はい」

「今日は東北から直接いらっしゃったんですか?」

「はい」

「じゃあ、お疲れでしょう。今日は一通りご説明して、うちの人間と挨拶したら寮の方にご案内しますね」

「いいえ。大丈夫です。ちゃんと働けます」

実際、引っ越しのトラックを昼前に見送り、そのままこのスーツケースとバッグ一つで電車に乗って東京までやってきた。もらったメールにはグーグルマップのアドレスが貼り付けてあったけど、ざっくり「東京の郊外」と聞いていた場所を探すのに、思っていた以上に時間がかかった。約束の夜七時に間に合ったのが幸いだった。

退職、急なオファー、転職、引っ越し……そんなことがこの一ヶ月に重なって、本当は身も心も疲れ切っていた。だけど、今日は新しい職場での一日目だ。それも、ずっと夢見ていて、一度は失いそうになった、本を扱える仕事の……だから、自分がよく働く人間だと思って欲しかった。

自動ドアの中に入ると、エントランスの壁は、白っぽい大理石が張り詰められていて、乙葉の目の高さくらいに小さな額が埋め込まれるようにはまっていた。

「ここに使われているのは本物の大理石です」と篠井が言った。

「へぇ。すごいですね」

額は七センチ四方くらいで小さい。中に親指の先くらいの小さな蝶が入っている。見たことのない蝶だな、とつい気になって、引き寄せられるように近づいてしまった。「蝶ですか」篠井を振り返りながら尋ねる。

「……蛾ですよ」

ぎゃあっ、という叫び声が身体の奥底から出た。

「なんで、こんなものを……こんな気味悪いものを」

確かによく見ると、羽は瑠璃《るり》色に光っているものの、胴体が蝶にしては若干太い。

「魔除《まよ》け、ですって」

「え」

「オーナーが魔除けのために置いているって聞きました」

篠井はあまり関心なさそうに言った。

「こんなものが魔除けになりますか」

「ええ。嫌いな人は二度と近づきませんから」

「まあそうですね」

「本当に、ここに関心のある人しか来なくなります。ただの冷やかしや、物見遊山《ものみゆさん》の人間は来なくていいということらしいです」

「そういうものですか」

「それに蛾は夜の蝶です。海外では蛾を差別しないそうですよ。夜の蝶、昼の蝶と言うだけで」

「別に差別しているわけではありません」

自分のことを差別主義者のように言うなんて、と少し気を悪くした。篠井はまったく顔色を変えず、「そうですか」と言った。

「オーナーにご挨拶できますか」

今回のことはちゃんとお礼を言わなくては、と思いながら乙葉は尋ねた。

「できないでしょうね」

「へ？」

でも、私はオーナーに請《こ》われて、ここに来たのに、と思った。

「僕もオーナーに会ったことはありません。電話やメールで話すだけです」

「で、でも、篠井さん、ここのマネージャーなんですよね？」

「はい」

「それなのに？」

「はい。でもたぶん、図書館員の誰も、あの人には会ったことがないと思いますよ」

「そうなんですか」

「一年のほとんどは海外に行ってますしね」

「そうなんですか」

「オーナーについて詮索するのは、あまりよくない結果を招くと思います」

どうしてですか、と尋ねる前に篠井はすたすたと先に立って歩いていってしまった。その後ろ姿には、もうこれで質問はおしまい、という断固とした決意が表れているように見えた。乙葉は後れないように小走りについていった。

大理石のエントランスの奥にさらに自動ドアがあって中に入ると、右脇にチケット売り場、左に入場ゲートがあった。チケットカウンターの中には一人の女性が座っている。壁には料金表が貼ってあった。

入館料　一〇〇〇円（月間パスポート一万円　年間パスポート五万円）

篠井は乙葉を女性に紹介した。

「こちら、樋口乙葉さん。今日から一緒に働いてもらう方です」

彼女は立ち上がると、丁寧にお辞儀をした。頭を下げると、長い黒髪がさらさらと肩から落ちた。美しい人だと思った。

「よろしくお願いします」

慌てて、同じくらい深くお辞儀をする。

「樋口さん、こちらは受付の北里舞依《きたざとまい》さん」

北里と呼ばれた女性は一言も口を利かなかった。無表情でにこりともしなかったが、篠井は慣れているのか、気にする様子もなく、「樋口さんにビジターパスをあげてくれる？」と言った。舞依は小さくうなずくと、首から下げられるようになっているパスカードをくれた。乙葉のためにすでに用意されていたように見えた。

「明日にはちゃんと館員用のパスができますから」

そして、篠井は自分のメンバーパスを見せた。

「これを、ここにつけると、開くから」

入場ゲートは電車の改札口を少し小さく簡素にした感じで、カードをかざすと開くようになっていた。

篠井と同じようにかざして入った。

「あの北里さんはああ見えて、空手の全国大会優勝者です」

「え？　あの人が？」

「だから、あそこで変なことはしない方がいいですよ」

「そうなんですか……」

「今、ただの図書館にしては出入りが厳しいな、と思ったでしょ」

本当はご名答、と言いたいくらい、その通りのことを考えていたのだが、乙葉はぶんぶんと首を振った。

「いえ、思ってません」

「あと、入るのに一回千円て高くない？　って思ったでしょ」

これまた、その通りだった。乙葉はしかたなく、微笑みながらうなずいた。

「……ちょっと」

「いいですよ。皆、そう言われますから」

篠井は図書館に入りながらつぶやいた。

「前はそうだったんですよ。無料で好きなように誰でも入れるようにしてました。そしたら、万引きや窃盗《せっとう》が横行するし、わけのわからない輩《やから》が来て、なんで古い本ばかり飾ってるんだ、読みたい本が一冊もねえ、っていちゃもんつけられるし、で、オーナーが決めたんです。チケット代はお金が必要というより、変なやつを追っ払うためのものです」

「はあ」

「何度も言いますが、本当に来たい人にだけ来てもらえばいいんです」

「そうですね」

「有料になってからも本を盗っていく人は時々います。だから許可を取っていない本をここから出そうとすると、館内中に警報が鳴るようになっています」

「厳しいですね」

「ここの本はすべてが、他にはない貴重なものです。気をつけてくださいね」

「はい。それはもう、重々わかっています」

そして、もう一つのガラスの自動ドアを通って、やっと図書館の中に入れた。

乙葉ははっと息を呑んで上を見上げた。

入口のところは二階まで吹き抜けになっており、天井まで本棚がびっしり備え付けられて本が入っている。

「すごいですね。本当にきれい。なんて美しい」

天井まで本が並んでいる様子は壮観だった。この図書館の外観はそっけないほどすっきりしたグレーの建物だったので、その落差にも驚かされた。

「ちょっといいですよね」

篠井は、興奮する乙葉とは対照的に冷静だった。

「すごいです。なんだか、私がずっと夢みていた図書館に近いです」

「それはよかった」

彼はまたすたすたと中に入っていく。

そこに並んでいる本をもっと見たかったが、仕方なく、乙葉はまた彼のあとを追った。

吹き抜けの部屋を通ると、広い部屋に入った。入口に受付があり、男女の図書館員とおぼしき人が座っていた。二人とも、私服に黒のそろいのエプロンをしている。篠井と乙葉を見ると立ち上がった。女性の方は乙葉と同じくらいの身長、男性は百八十センチくらいの高身長でがっしりした体つきだった。

「今日から来てくれた、樋口乙葉さんです」

「渡海尚人《とかいなおと》です」

「榎田《えのきだ》みなみと言います」

この二人は篠井や舞依とは違って笑顔だった。乙葉はやっとほっとする。図書館の人間が皆、クールビューティだったらどうしようかと思っていた。彼らがどちらも乙葉より少し年上くらいの、同年代なのも嬉しかった。

「樋口乙葉さんて、あれですね、樋口一葉と一文字違い。なんか、関係あるんですか」

みなみはニコニコしながら尋ねた。何度も聞かれてちょっと嫌になってさえいたのに、今ははほっとした。

「あ、母が樋口一葉が好きで。結婚して樋口って苗字になった時から、女の子は『葉』の字が付く名前にしようと思ってたみたいです」

「なるほどー。樋口一葉はよく読むんですか」

「まあ一通りは。好きな作品は『十三夜《じゅうさんや》』です」

「あー、あれ、短いけど切なくていいですよね。『十三夜』に出てくる女性って……」

篠井は二人の会話をまったく無視して「樋口さんにはとりあえず、蔵書整理をしてもらうことにしました」と言った。

「わかりました」

渡海がうなずいた。

「大変だけど、頑張ってね」

「あとで、手伝いに行きますね」

二人とも、少し同情しているようだった。渡海は苦笑いしているし、みなみは眉が少し下がっている。

「そんなむずかしい仕事なんですか」

心配になって尋ねてしまった。

二人が顔を見合わせた。それで気がついたのだが、なんだか、二人、双子のようによく似ている。顔がというより、身振りや表情の動かし方、まとっている雰囲気がどこか似ているのだ。

「むずかしくはないんだけど、単純作業だから、飽きちゃうんだよね」

「あたしはそんなに嫌いじゃない。新入りさんは皆、覚えないといけない仕事だしね」

ごめんね、でも手伝うからね、と口々に言う。そんなことを言っても、二人がどこか楽しげなので、ちょっと緊張が解けた。

「あとで、まかないを一緒に食べようね。確か、今夜は、しろばんばのはず」

しろばんば？　なんだろう、と思っているうちに、また、篠井がさっさと歩き出したので、あとについていった。二人を振り返ると、そろって右手を上げてにこにここちらに手を振っていた。思わず、乙葉も振り返した。

「さあ、こちらですよ」

篠井はす、す、すと音を立てず、早足で歩いた。

次の部屋もその次の部屋も、同じように壁際に本棚が並んでいて、どの棚にも本がぎっしりと並んでいた。少し広めのいくつかの部屋には壁際だけでなく、部屋の真ん中にも本棚が並んでいた。

そういういくつもの部屋を通って、最後に、どこにも入ったところ以外に出口がない部屋まで来た。つまり、この部屋が一階の端なんだろう、と思った。

だけど、篠井は部屋の端まで……つまり、本棚の方に向かって歩き、その前で立ち止まった。

「この奥です。あなたが最初に働くのは……」

「え、でも、もう行き先はないですよね」

「いえ、この奥なんです」

意味がわからないと思っていると、彼は手を大きく振った。

「開けよ、ドア!」

ええ、この人、何やってるの？　いい大人の顔して、子供みたいに……。驚いて、本棚と彼の顔を交互に見つめた。

すると、本当に、本棚が左右にがらがらと開いて、その奥にちゃんと部屋があったのだった。

「うそ」

こういうのは、海外ドラマなんかでお金持ちの家に、シェルタールームとして作られているのを見たことくらいしかない。

「……今、僕を大人げない、って思ったでしょ」

もう、否定する元気はなく、力なく乙葉はうなずいた。

「オープンセサミ、と言わないだけでも褒《ほ》めて欲しいな」

彼は初めて、ちょっとだけ歯を見せて笑った。

乙葉は東北地方のターミナル駅ビルの中の書店に勤めていた。

本に関係する仕事に就きたい……それがずっと乙葉の夢だった。大学では国文学を専攻し、近現代文学のゼミで太宰治《だざいおさむ》を題材に卒論も書いた。国語の教員と書道教諭の免許も取った。本当は図書館員の資格も取りたかったが、地方から上京し、一人暮らしをしている身の上ではそこまで手が回らなかった。奨学金までは借りていないが、ぎりぎりの家計の中から両親が仕送りをしているのを知っていたので、アルバイトで生活費を稼いでいたのだ。

地元の教員採用試験に落ちたあと、出版社、取次会社、大手書店……思いつく限りの「本に関係する仕事」の就職活動をしたけど、どこも落ちてしまった。大学から紹介されたメーカーには通ったものの、どうしても「本」に関わりたくて、アルバイトでもいいから、とメーカーの内定を蹴った。地元に戻り、契約社員の書店員になった。

「せっかく、東京の大学に入ったのだから、一度は大きな会社に入った方がいいんじゃないの？　新卒で会社に入れるのは一度きりよ」

「アルバイトと一緒じゃないか」

不安がる両親を「好きな仕事をしたいから。これからももちろん、就職活動するし！」と振り切って始めた仕事だった。

面接では「小説が好きなんです！」と熱く主張して、幸いにも文芸部門に配属された。駅ビルの中の書店の仕事は楽しかったけど、だんだん身も心も疲弊してしまった。サービス残業は当たり前だったし、給料も低すぎた。何より、四十代半ばの男性店長とそりが合わなかった。本社から派遣されている彼は、従業員を「明るいね」「暗いね」と最初にジャッジし、自分が直接話すのは「明るい人」とだけ、という不思議な思考の持ち主だった。乙葉は幸か不幸か、初対面で「樋口さんの明るい笑顔、いいねえ」と「明るい人」となった。でも、それはそれで、大きなストレスになった。何をしても「明るい樋口さんならできるでしょ」と手間のかかる仕事や大きな仕事を任された。暗いと思われたら、仕事ができなくなる……その恐怖で乙葉は明るく振る舞い続けた。

客からの理不尽なクレームも多かったのに、その処理を店長は全部乙葉たちに押し付けた。好きな仕事というだけでは割り切れないことが少しずつ増えてきた。

そして、売り上げ不振のため文芸の棚が減らされることになって、本社と衝突したあと、店にいづらくなった。本社からの要望を店長に報告していたら、「樋口さん、暗いねえ。君らしくないよ」と言われた。その日から、店長から話しかけられることはなくなった。さらに店で起きた事件に乙葉も関わることになって、勤め続けることがむずかしくなった。

当然、店長は一言もかばってくれなかった。

乙葉は就職してからずっと、SNSに匿名《とくめい》の書店員として投稿していた。最初の頃は仕事について希望に満ちた言葉ばかりだったのに、気がつくとつい、愚痴や悩みをこぼすことが多くなっていた。仕事を辞めようかと思っていた時に、一通のダイレクトメッセージが来た。

——拝啓、いつもツイート拝見しております。わたくし、ハンドルネーム、セブンレインボー、と申します。樋口さんの本、特に小説に対する愛をいつも感じておりました。現在転職を考えている、とのこと。本当に残念です。もし、よろしければ、本に関する仕事をご紹介できるかもしれないのですが、いかがでしょうか。

正直、その時は喜びと疑いの気持ちがごっちゃになった。

本に関する仕事ができる、続けられるというのは嬉しい。だけど、怪しい、怪しすぎる。

すると、ほどなくして次のダイレクトメールが届いた。

――わたくしは東京の郊外で小さな図書館をしています。図書館の名前は特にありません。強いて言えば、「夜の図書館」とでも呼んでください。実際、夜七時から夜中の十二時まで開いております。勤務は午後四時から深夜の一時まで。一時間の休憩を挟みます。一般の図書館とは違っていて、普通の本が置いてあるわけではありません。置いてあるのはすでに亡くなった作家の蔵書ばかり……そういう本を作家さんが亡くなった後寄付して頂いて、こちらに展示、整理するのがうちの図書館の主な業務です。お客様にはそれを観覧して頂いています。基本的に貸し出しはしておりません。図書館という名前ですが、実質は本の博物館かもしれません。

お給料はそう多くお出しできません。お給料は手取り月十五万、ただ、図書館の裏に寮がありまして、ボロいアパートなのですが、無料で住んで頂けます。光熱費はご自身持ちですが、Ｗｉ－Ｆｉはただで使えます。また、エアコンとガスコンロは付いています。必要でしたら、部屋の間取り図をお送りすることができます。

このあたりで、乙葉は頬をつねってみたくなった。

確かにお給料はいいとは言えないが、条件は悪くない。郊外とは言え、また、東京に住めるのは嬉しかった。

何より、作家の蔵書を扱っている、というのが興味深い。

——ご興味があればご連絡ください。

ものすごく迷ったけど、乙葉は返事を出した。すぐに返事が来て、そこにはＺｏｏｍのアドレスと面接の日時が書いてあった。

もう一つとても驚いたのが、面接が音声のみで、その声もボイスチェンジャーを通したものだったことだ。乙葉はずっと、オーナーを名乗る年配男性の、怪しい誘拐犯のような声と対峙《たいじ》することになった。

しかし、それでも就職をやめなかったのは、そんなおかしな声の後ろにオーナーの本に対する、紛れもない愛情が見え隠れしていたからだった。

「本のことを話してください」

「本のこと……？」

「あなたが子供の頃からどんな本を読んできたのか、どんな時にどんな本と出会ったのか、今はどんな本を読んでいるのか、そんなことを話してください」

「ええと、どのくらい話したらいいんですか、最初から話すと長くなっちゃいますけど」

「かまいません、全部です。最初から全部。あなたが読んできた全部の本のことを話すつもりで」

最初は戸惑った。だけど、そのくぐもったような変な声の相手は良い聞き手だった。乙葉がする話を丁寧に聞き、熱心に相槌《あいづち》を打ってくれた。

この人はきっととても博学な人だ……話しているうちに乙葉は気づいた。こんなに話が合う、そして、楽しく、勉強になる人と話したことはない、と思った。乙葉が出すタイトルはほぼ読んでいて、知らなかったものは「ちょっと待ってくださいね、ぜひわたくしも読んでみたいので」と言って、メモしていた。知らないことは正直に知らないと言う、誠実な人なのだと思った。

相手のことがどんどん好きになった。この人のもとでぜひ働きたい、と思った。

気がつくと三時間以上話していた。

「……合格です」

「え」

「ぜひ、うちの図書館に来てください……樋口さんさえ、よければ」

あの時、自分は初めて世界に受け入れられたような気がした。

オーナーに、どうして前の書店をやめたんですか、と一度も聞かれなかったことにもほっとしていた。

本棚の奥には……洞窟が眠っていた。

と、思うほど、壁を黒く塗られた、殺風景な部屋だった。

壁際には段ボール箱が山積みになっており、コの字に置かれた三つのデスクがあった。デスクの上にはそれぞれデスクトップのパソコンがある。その前に二人の年配女性が立っていた。

二人の女性はやっぱり、黒いエプロンをしていた。一人は細かい花柄のえんじ色の足下まであるワンピースでぽっちゃり型、もう一人は迷彩柄のシャツとパンツのほっそり型だった。

二人の足下の、段ボール箱がある場所以外にはたくさんの本が積み重なって、彼女たちはくるぶしくらいまで埋まっていた。

「これは……」

「さっきも言った、蔵書の整理部門です。この部屋は蔵書整理室と呼んでください」

「はあ」

「お二人は、亜子《あこ》さんと正子《まさこ》さんです」

紹介された二人は、すぐに深くお辞儀をした。

「亜子です」

「正子です」

ワンピースが亜子で、シャツが正子だった。

「樋口乙葉です。よろしくお願いします！」

乙葉も深く頭を下げた。

「あらまあ。ご丁寧に」

「なるほど、この方ね」

亜子と正子は一緒に声を上げた。

「この図書館に入った人は、皆、ここで最初の仕事を覚えます。この蔵書整理がいわば、この図書館の心臓であり、頭脳であり……とにかく、一番大切なところです。この図書館はお二人の肩に掛かっていると言ってもいい」

篠井がおごそかに言うと、亜子と正子は顔を見合わせて「うふふふ」と笑った。

「そんなねえ」

「照れるわねえ」

篠井は二人にお辞儀をし、「それでは樋口さんをよろしくお願いします」と言って部屋から出て行った。帰りには「開け、ドア!」とは言わなかったが、扉は自然に開いた。

その後ろ姿をあぜんとして見ていると、「樋口さん」と亜子のおっとりした声が聞こえた。

「今日、お着きになったんですか?」

「はい」

「じゃあ、お疲れでしょ」

「いいえ」……と答える前に、「あら、お若いんだもの、元気よね。私たちと一緒にしちゃだめよ」と正子が言った。

「はあ……」

どちらの言葉も乙葉の今の気持ちだった。疲れているのも本当だし、でも、この程度ならちょっとは無理できる、というのも本当だった。だから、あいまいなまま、なんとなく顔に笑顔を貼り付けて両方に向かってうなずいた。

乙葉の顔を見て、正子は苦笑しながら、「まあいいわ」と言った。

「とにかく、今日はざっとした仕事の中身を説明して、一緒にやってもらうわね」

「はい！」

亜子が部屋の端に置いてあるロッカーから黒いエプロンを取り出した。

「これがここの制服って言うか、作業服なのね。何を着てもいいけど、仕事をする時はこれをするの」

「マネージャーの篠井さんだけは受付に座る時以外はしないわね」

正子が言葉を添える。

「まあ、あの人は外の人にも会うからね。でも、わりに便利よ。服が汚れないしね」

「そうですね」

「黒というのもちょっと地味だけど、なんの服にも合うし、私たちは遺族の方に会うこともあるから、喪服《もふく》を着てなくても改まった感じがあるしね」

なるほど、そういうわけで黒なのか、と思った。

「サイズは普通でいいわよね」

「はい。大丈夫です」

乙葉は亜子に手渡されたエプロンで服を覆った。エプロンは大きめにできていて、首のところの紐《ひも》を調節したりしても、少しぶかぶかだ。

ふと見ると、乙葉のことをじっと見ている二人のエプロンはどちらもぴったりサイズである。亜子はぽっちゃりしているけど、きつそうには見えないし、正子は針金ってあだ名になりそうなくらい痩《や》せているけど、生地が余っているように見えない。

乙葉が二人のエプロンを見返すと、「ふふふ、気がついた」と正子が言った。

「実は、私たちだけはね、エプロンのサイズを直しているの。亜子さんは手先が器用で手芸がうまいもんだから、身体に合わせて詰めたり、伸ばしたりしてるのね」

亜子も「ふふふ」と笑った。

「若い人は少し大きかったり、小さかったりしてもだいたいかわいらしいものだけど、歳を取ると、ジャストサイズじゃないとみっともないの」

「いいなあ」

乙葉は思わず言ってしまって、慌てて両手で口を塞いだ。ずっと年上の先輩にため口を利いてしまったからだ。

「じゃあ、そのうち、あなたのも直してあげる」

「え、いいんですか」

「そのうちね」

「じゃ、始めましょうか」

正子がきっぱりとした声を出した。

「はい!」

「あなた、ここのことはオーナーに聞いているわよね」

亜子が足下の段ボール箱を開いた。

「だいたいは」

「じゃあ、ちゃんともう一度説明するけど、この図書館は、作家……主に、小説家を中心とした作家の蔵書を、亡くなったあと、引き取って保存、展示しているのね」

「それはちょっと伺いました」

「作家本人が遺言や生前の整理でこちらに寄贈してくれているのもあるし、死後、処分に困った遺族の方から託される場合もある」

亜子の言葉を正子が引き取った。

「だから、とにかく、毎月、大量の本が送られてくるし、それをまず、この部屋に集めて整理するのが私たちの仕事」

「はい」

「でも実は、今、本が集まり過ぎていて、亡くなったばかりの方の本は倉庫に入れられてるのが現実よ」

正子が腕を組みながら言った。

「そうなんですね」

亜子は机の上から判子を取り上げて見せた。

「これ、いわゆる蔵書印ね。これをすべての本の裏表紙の内側に押すの。これもまた、生前から作家さんに指定されて作ったものもあるし、死後、遺族の方と相談したり、こちらで決めたりして作ったものもあるの。基本的には作家さんの好きなように作ることになっているけど、決まりは必ずフルネームが入って、一目で誰のものかわかること。そうじゃないと、あとあと大変だからね」

「最初の頃はそのあたりが統一されてなくて、自由だったからイラストに下の名前だけとか、崩し文字で読みにくいとか、結構、あるの。まあ、私たちはわかるけど」

「とはいえ、これ、なかなか大切だから、きっちり押してね。今日はまず、乙葉さんにはその仕事をしてもらうことにしますか」

「はい」

今日は判を押すだけか……ちょっとほっともしたし、少し肩すかしを食ったようでもあった。

「あら、でも、これ、結構大切な仕事よ」

乙葉の表情を読んだようで、正子は言った。

「あ、いいえ、別に」

「それになかなか大変よ」

亜子も言った。

乙葉は机に座って、蔵書印を押し始めた。確かに慣れるまで、思っていた以上にむずかしかった。

堅い木でできた印は朱肉をたっぷり、むらなくつけないとちゃんと押せない。まっすぐきれいに押して欲しいと、穏やかだった二人もそこだけは厳しかった。それに押印したあと、ぱたんと本を閉じてしまうと向かいのページにくっついてしまう。最初の何回かは二人につきっきりで指導を受けた。押したあとは専用の紙をはさむ。

ぐっと力を均一に入れるのは思いの外、力がいる。確かにすぐ疲れてきた。

「それ、押しながら聞いてね」

正子は、慣れてきた乙葉を見て、言った。

「はい」

「蔵書印が押された本はデータに入れて管理される。題名、作家名、第何刷りか、いつ刊行されたものかなんかをデータに入れる。ざっとだけどチェックしてメモなんかしてあったらそれも書いておく。これはネットで管理されるけど、基本的にはこの館内からは出ないように、イントラネットの中だけ。外の人はここに来ないと資料や情報は見られない」

「はい」

「一人の作家の蔵書整理が終わると、コンピューターのデータだけじゃなく、一冊の本にして保管もされる」

「へえ」

「こんなふうに」

正子が一冊の本を出して見せてくれた。シンプルなえんじ色の本で金文字で「長峰妙子《ながみねたえこ》蔵書集」と書いてあった。乙葉は読んだことがない作家だった。でも昨年あたりに、彼女が亡くなったという記事を読んだことがあるような気がした。確か、十代でデビューした作家さんで、ここ何年かは新しい作品は発表されてなかったはずだ。

「これは、二階の本棚にまとめてあるわ。一冊一冊、ちゃんと製本して置いてある」

「すごいですね」

「せっかく蔵書を寄付してもらうんだから、このくらいはしなくちゃね」

「膨大な方もいるし、一冊にならないくらい少ない人もいるけどね」

亜子が笑った。

「だけど、そういう人は少数派よ」

「今は電子書籍もあるし、紙の本は減っていくかもね。電書をこれからどういうふうに管理するのかは、問題になってくるでしょうね」

「なるほど」

乙葉は、手は休めずにうなずいた。

「データ記録をした本は外の本棚に置かれるか、中の書庫に置かれるか仕分けされる。同じ本が何冊も並ぶわけにはいかないから。基本的に重なった蔵書は書庫に入ります」

「そうすると、中には同じもので何十冊も寄贈される本が出てくるんじゃないですか」

「そうなの」

正子は唇をきゅっと引き締めた。

「そこが大切なところだし、悩みの種でもあるのよ。貴重な古書や絶版本もたくさんあるんだけど、最近、出たばかりの本もたくさんあるの。オーナーはそういうのも全部保存して欲しいって言うんだけど」

「はあ」

「作家さん本人やご親族、ファン、研究者の人にとったら、どんな本も、作家の手に渡ったものは唯一無二のものだから、って」

「確かにそうですね」

「オーナーは、本はすべて、亡くなった自分の恋人のものだと思って扱ってください、って言ってるらしいけど」と、亜子が口をはさんだ。

「でも、今はなんとか倉庫に収められても、場所は無限じゃない」

「それもそうですね」

「いつかはいっぱいになってしまう。そうなった時にどうするか……結局、処分するしかないと思うんだけど」

「でも、オーナーの言うことにも一理、いえ、二理も三理もあるのよね」亜子が目をくるくるさせながら言う。

「死んだ作家がなんかの拍子に大人気作家になる日が来るかもしれないでしょう？　例えば、映画化されて有名な映画賞でも取れれば、世界中から大注目されるかもしれないし、改めてなんかの賞を取ったりするかも。そしたら、ここに人が押し寄せるかも」

「今の時代、なんで火がつくかわからないですよね。有名人のＳＮＳとかテレビ番組とか」

乙葉も大きくうなずきながら言った。本屋に勤めていた時もそういうことは時々見聞きした。

「だけど、そんなのは本当にごくごくごくごくごく……もう、本当に何千万に一つの確率よ。宝くじに当たる方が簡単かもしれない」

正子が辛口に切り捨てる。

「いえ、それにね。ファンや研究者にとっては作家のどんな本も貴重。本に書いてあるメモやちょっとした折り目一つが研究の一歩につながるかもしれない」

「あ、もしかして、亜子さん、国文科ですか」

「そう！　なんでわかった？」

「そういうの、国文科で研究論文書いた人の考え方だなあって」

「もしかして、あなたも？」

「そうです！」

乙葉と亜子は思わず、両手でハイタッチしてしまった。

それを正子が苦笑しながら見ていた。

「まあ、映画賞を取るよりは研究の必要になる方が高確率よね」

しぶしぶ、と言ったふうに認めてくれた。

十時を過ぎた頃、榎田みなみがやってきた。

「お疲れ様です」

「ああ、お疲れ様」

亜子が答えた。

「乙葉さんをまかないに連れ出しに来ました」

「そうねえ。ちょうど三時間だから、休憩によいわね」

正子が部屋にかかっている時計を見上げながら言った。そして、乙葉に向き直った。「乙葉さん、まかないご飯、食べていらっしゃい」

「え、でも」

先輩を……それもかなり年上の人を差し置いて、先に休憩を取っていいのだろうか。

「あたしはお弁当を持ってきているの。頃合いを見て、ここで食べるつもり」

亜子が言った。

「私は皆さんが食べ終わった頃、行くことにしているの。一人で食事をしたいから」

二人ともきっぱりした様子だった。食べ物、食べ方にはこだわりがあるらしい。

「それから、今日はもうお帰りになっていいわよ」

「え、でも」

ここの図書館は夜七時から夜中の十二時まで。そして、館員の勤務時間は四時から夜中の一時まで、休憩一時間と聞いている。

「乙葉さんはまだ慣れないでしょうし、今日、東北から出てきたばかりだもの。今夜は家に帰ってお体を休めなさい。引っ越しの片付けもあるでしょ」

「そうね」

亜子もうなずく。

確かに、今は気が張っているからそう疲れた感じはないが、部屋に帰ったらどっと出そうだった。

「いいんですか……?」

本当にいいのだろうか。ちらりとみなみの顔を見ると、にこにこしながらうなずいている。亜子、正子の表情にも、みなみの笑顔にも嘘はなさそうだった。

ずっと、人の顔色を見て仕事をしてきた。口では「休憩していいですよ」と言いながら、その通りにすると「気を遣えない人だ、こっちが勧めるのは儀礼的なものであるとわからないのか。『先輩がお先に休憩してください』と言うのが常識じゃないか」などと陰口を言う人の中で仕事をしてきて、本心からの言葉なのか、いつも疑っていた。

「もちろんよ。遠慮しないで」

正子は深くうなずいた。

「ではお言葉に甘えて……あ、でも、よかったら」

急に思いついて言った。

「ちょっとだけ……ほんのちょっとだけでいいので、後で受付に座ってみるのって可能でしょうか。この図書館がどんな感じなのか、もうちょっと知りたいので」

おそるおそる提案してみると、みなみがすぐにうなずいた。

「もちろん、いいわよ。ちょうどいいわ。まかない食べたあと、渡海さんと交代するからその時一緒に座りましょ」

「やる気あるわね」

正子が褒めてくれた。

「でも、初日から頑張りすぎて、あとでがっくりこないようにね」

「はい。もちろんです。では失礼します」

みなみと部屋を出ると、自然、振り返って自分たちが出てきた本棚の間を見てしまった。

「あの」

「ん？」

「この出入口、どうなっているんですか。さっき、篠井さんが『開けよ、ドア』って言って開けましたけど。本当に、そういうおまじないで開くんですか」

「え、篠井さん、そんなことしたの？」

みなみは大笑いした。

「篠井さんでもそんなことするんだー。違うわよ、あそこはね」

みなみはもう一度、本棚のところに近づいた。そして、本棚の前で手をひらひらと動かした。すると、本棚がまたするすると両側に開いた。

中にいた、亜子と正子が驚いてこちらを見ている。

「すみません。乙葉さんに開け方を教えていました」

あらまあ、とか、そうなの、という声が聞こえた。

「ね。上のところがセンサーになっているの。こうやって手を振ったり、身体を触れさせたりすれば開くのよ」

「でも、篠井さんが……」

「きっと、あの人は『開けよ、ドア』と言いながら、センサーに触れたんでしょ」

そして、みなみは二階に向かって歩き出した。

「意外に、おちゃめなんですね、篠井さん」

「そんなの初めてよ。今度、からかおう」

「私が言ったって言わないでください」

「言わないけど、きっと、すぐわかるわよ」

「え」

「大丈夫。あの人、そんなに喜んだり笑ったりしないけど、そのぶん、怒ったり悲しんだりもしないから」

そういうものだろうか？　みなみの言葉に首をひねりながら、ついていった。

「あれ、お客さんが触れちゃった時はどうなるんですか」

「開いちゃう。皆、びっくりしてるよ」

「いいんですか」

「まぁ、一年に数回くらいだから」

二階の一角に食堂があった。入口に「図書館カフェ」と書かれた木の看板がかかっていた。名前は古くさいというか、直接的過ぎる感じだったが、中はこれまたシンプルなカフェ風の作りだった。フローリングの床に白木のテーブルと椅子が並んでいる。何人かコーヒーや軽食を食べたり、本を読んだりしていた。

入口のところに古めかしい食券機があって、いくつかのメニューが並んでいた。よく見たかったけど、みなみがさっさと入っていってしまったので、諦めてあとについていく。彼女は一番端の六人掛けのテーブルに座った。

「ここにいると、たぶん、他の図書館員の人たちも来るわよ」

「そうなんですか」

「だいたい、皆、同じくらいの時間になるから……受付だけは別だけど」

すると、年配の男性が来た。

「二人ともまかないでいいよね」

「はい！」

みなみが元気に返事した。

「木下《きのした》さん、いつもありがとうございます」

「ああ」

小さくうなずいた。

「こちら、今日から来た、樋口乙葉さん」

「初めまして、よろしくお願いします」

乙葉は立ち上がって頭を下げた。

「こちらこそ、よろしく」

木下と呼ばれた男はあっさりと言った。

「食後はアイスコーヒーでいいかな」

冬なのにアイスコーヒー?　ちょっと疑問に思ったけど、みなみが「木下さんのアイスコーヒーはおいしいよ」と耳元でささやいてくれたので、うなずいた。

彼もまた、ぶっきらぼうだけど親切な人のようだった。

「木下さんはね、ここに来る前に、銀座の有名な喫茶店でコーヒーを淹《い》れていたのよ」

去って行く彼の後ろ姿を見ながら、みなみが教えてくれた。

「へえ」

「木下さんはその店のシンボル的な存在だったんだけど店のオーナーとささいなことからうまくいかなくなって、やめさせられたの。店をやめた時、お客さんたち、皆、びっくりしたんだって。木下さんがオーナーで店長かと思っていたから。そのくらい、すごい人気だったらしい」

「そうなんですか。それ、木下さんから聞いたんですか」

なんとなく、彼が自分の過去をぺらぺら話すような人に見えなかったので、尋ねた。

「ううん。違う、違う。木下さんはそんなこと言わないよ。渡海さんがコーヒー好きで、その店にも何度か行ったことがあるんだって。でも、そういう趣味の人の間ではネットに上がっているくらい有名な話らしい」

「店の方はどうなったんですか」

「それがさ、一時は客足が途絶えたんだけど、銀座の一等地にある店でしょ。コーヒーマシンを入れて、値段を少し安くしたら、今までとは違う客層が普通に来るようになって、また繁盛しているんだって。中には木下さんが淹れたコーヒーだと思って飲んでる人もいるらしい」

ひどい話だが、よくある話のような気もした。

そうして話していると、木下がまた来て、皿ののったトレイを置いた。

「わあ」思わず、声が出てしまう。

トレイの上の平皿には黄色みが強いカレーが盛られていた。

「今日は『しろばんば』ね。月曜日はしろばんば」

「カレーって、元気が出ます」

みなみがうなずく。

「さっきから『しろばんば』って言ってるのはなんですか」

「知らない？　読んだことない？　井上靖《いのうえやすし》の『しろばんば』だよ。その中に載ってる、おぬい婆さんが作るライスカレーを再現したの」

「読んだことないんです、すみません」

「俺も、ここに来てから読んだからさ。あんまり偉そうなことは言えないけど、おもしろかったよ」

「すぐ読みます」

「『しろばんば』ならたぶん、在庫がたくさんあるはずよ。特別に貸してもらったら。丁寧に綺麗に読めば大丈夫」

「はい。そうします」

「じゃあ、いただきます」

「どうぞ、召し上がれ」

そう言って、彼は行ってしまった。

乙葉はスプーンを取って一口食べた。普通においしいカレーだ。でも、最初に口に入れた感じはマイルドなのに、だんだんスパイシーになっていく、独特の風味がある。こういうのを癖になる味と言うのかもしれない。

「おいしいでしょ」

みなみがすかさずささやいた。

「はい」

人参やジャガイモがきれいにサイコロ状に切って入っているのはわかったけど、同じように半透明に煮込まれている野菜がわからなかった。口に入れると、くしゃっとつぶれるような歯触りだ。

「これ、なんだろう。柔らかくてみずみずしい野菜だけど……」

カレーに入っているのを見たことがない野菜だった。

「大根よ」

「え。大根？」

大根が入っているカレーは初めてだった。意外に合う。

「木下さん、ここにスカウトされた時、オーナーが指示した小説やエッセイの中に入っている料理をいくつか再現して出すことを条件として挙げられたんだって。料理もうまいから」

「お肉は何が入っているんだろう？　お肉のうまみはあるんだけど、姿が見えない」

さいの目の野菜がすべてを主張していて、肉が隠れている。裂けたような肉の切れ端だけ見えた。それがまた、このカレーの味に大きな影響を与えている気がした。スプーンに取って、じっと見た。

「あー！」

「わかった？」

「コンビーフですね」

「ご名答。『しろばんば』を読めばもっと詳しいことがわかるよ。曜日によって、まかないのメニューは変わるの。月曜日は『しろばんば』。まかないは一食三百円、コーヒー付き。元銀座の有名店の」

「控えめに言って、最高ですね」

カレーを食べていると、中年の男の人が来た。

「徳田《とくだ》です。初めまして」

ぽっちゃりした体つきで、丸い眼鏡をかけている。

「徳田さんも書店員だったんだよ。半年前くらいに入ったの」

「私、樋口乙葉と言います」

「僕、歳は篠井君より十年上なんだけど、彼はマネージャーで僕はヒラ。身体を壊して、本屋を退職したあとしばらく休んでいたし、ここに入ったのはついこの間だからね。オーナーものんびりやった方がいいって言ってくれているし」

徳田は少し早口ぎみに説明してくれた。

「はあ。よろしくお願いします」

徳田も木下にまかないを注文すると水を取りに立った。

「……徳田さん、いい人なんだけど、ちょっと神経質で年功序列に厳しい、というか……篠井さんの方が上の立場なことを気にしてるんだよね。それがなかったら、本当に優しいいし、仕事もできるし、いい人なんだけど」

みなみがつぶやいた。

「あとから入ったんだから、別に年上で立場が下でもぜんぜんかまわないと思うんだけど。だいたい、ここは皆、歳はばらばらだし、亜子さんや正子さんみたいな人もいるしね」

「そうですね」

「でもまあ、乙葉さんみたいに、年齢下で自分より新入りという人ができたから、徳田さんも気が楽になるかもしれない」

「そういうものですかね……」

徳田はどこかせかせかした感じで戻ってきた。乙葉やみなみの分もちゃんと水の入ったグラスを持ってきてくれた。

みなみはああ言うけど、いわゆる肩書き以外はそんなに気にしてないのかもしれない、と彼が運んでくれた水を飲みながら思った。上下関係を気にする人ならやりにくいな、と密かに思っていたけど、こうして年下の女にも水を持ってきてくれるくらい親切な人なんだから。

とはいえ、しばらくは彼には丁寧に接した方がいいかもしれない、と思った。

食後は宣言通り、アイスコーヒーを出してくれた。香り高いけど、苦くない。

「俺は、カレーのあとはアイスコーヒーが絶対、合うって思ってるの。勝手な思い込みだけど」

木下が説明する。

「確かに合います。おいしいです」

「これは水出しコーヒー、昨日の晩から抽出したんだよね」

「あ、そうなんですか。初めてです」

「水出しコーヒーが？」

「はい。名前は聞いたことあるけど。こんなにおいしいものなんだって知りませんでした」

コーヒーを落ち着いて飲むような贅沢《ぜいたく》は実はあまりしたことがなかった。学生時代も社会人になってからも。お金がなかったし、友達としゃべるなら、チェーン系カフェで十分だった。

「もしかしたら、今まで飲んだアイスコーヒーで一番おいしいかもしれない」

「二番目はどこの？」

「セブンです」

木下は大笑いした。

「これはこれからコーヒーの出しがいがあるな。セブン-イレブンのアイスコーヒーは確かにおいしいけどね」

「……僕もここに来るまであんまり飲んだことなかったです、コーヒー。こんなにおいしいものだとは思わなかった」

徳田も褒めた。

「ああ、そう。男は別にいいのよ」

木下が大げさなくらいそっけなく答えたから、そこにいた人は徳田以外、大笑いになってしまった。

まかないご飯のあと、宣言通り、受付に座らせてもらった。

「本当に大丈夫？　疲れたら、すぐ言ってね」

「あ、はい」

二人で座っていてしばらくすると、少し年配の女性が入ってきた。白い髪をきれいにセットし、深紅のコートを着、手に杖《つえ》を持っていた。顔に大きめで薄い色が入ったサングラスをかけている。ゆっくりとした歩みだった。

「こんばんは」

震える声で挨拶してくれた。

「二宮《にのみや》さん、こんばんは」

みなみがすぐに答えた。

「冷えますね、大丈夫ですか」

「ええ。ここまでタクシーで来たから」

「帰りも呼びますか」

「そうね、あとで声をかけるわ」

二宮は話しながら、乙葉に気がついたようで、目をこちらに向けた。

「あ、こちらは今日から入館した、樋口乙葉さん」

「よろしくお願いします！」

立ち上がって、ぺこんとお辞儀をした。

「あらあら、お若いのね。これからよろしくね。樋口乙葉ってもしかして、一葉と一字違い？」

「はい！　母がファンで！　一番好きな小説は『十三夜』です！」

聞かれる前に、全部言うことにした。

「あら、しぶいわね」

そう言うと、彼女はまたゆっくりと受付を離れ、部屋の奥に入っていった。

「あの方、年間パスポート、持ってましたね」

「あ、わかった？」

首から下げたカードケースにそれが入っていたのにすぐに気がついた。

「あの人はね……二宮公子《きみこ》さん、常連さんよ。ここから歩いて十五分くらいのところに住んでる。何年もほとんど毎日来て、高木幸之助《たかぎこうのすけ》の本棚のところにいる。他の本は見ない」

高木幸之助は高名な時代小説家だ。亡くなってからすでに二十年以上が経つが、本は今も売れ続けているし、映画化やドラマ化されることもある。

「誰でも知っているし、きっと、二宮さんが自分から話すから言ってもいいと思うけど……二宮さんは高木さんの愛人だったの」

「えええええ――――、愛人！！！」

悲鳴よりも、野太い「えー」だった。「しーっ！」

みなみは笑いながら、唇に指を当てた。

「すみません。でも、ヤバくないですか」

「びっくりするよねえ。私も初めて聞いた時、信じられなかったもん」

「高木幸之助、私も読んだことありますよ。『将軍様ご見参』シリーズ、結構おもしろいですもん」

『将軍様ご見参』とは彼の一番有名な作品で、ドラマ化を二回されている。題名のまま、将軍様が江戸の町に現れて市井の人に交じって事件を解決するシリーズだ。

「ね。あの人、昔、高木さんに銀座に小さいバーを出させてもらってたんだって」

「うわ。もろ愛人じゃないですか！　それってウィキペディアとかに載ってます？　フライデーとかされたことあるんですか」

「んなわけないじゃん。一昔前の売れっ子作家だよ。今よりずっと作家タブーが強い時代だもん。ただ、一度だけ、『噂の真相』には出たことあるって自分で言ってた」

「『噂の真相』ってなんですか」

「乙葉さんは若いから知らないか」

みなみは自分も若いのにそんなことを言った。

「今は廃刊しているけど、昔は有名だったタブーなしの雑誌でね、政治家とか小説家とかのスキャンダルをあばいてるの。今も時々、作家さんの蔵書の中から出てくるから、それで私も知ったの。たぶん、うちの図書館にはほとんど全部そろってると思うよ。二十年近く前の雑誌だし、出てる人は古い人ばっかりだけど、中にはおもしろいのもある」

「へえ」

また、身体の奥底から野太い声が出てしまった。

「とにかくね、あの人は愛人で、ほとんど毎晩、高木幸之助さんの蔵書に会いに来るの。そこにいると、なんだか、彼と一緒にいるような気がするんだって」

「……ちょっとロマンチック」

「高木さんは奥さんも子供もいたから生前は二人で人前に出たこともないんだって。とは言え、二宮さんが付き合ったのって、年齢からするとすでに高木さんがそこそこおじいちゃんになってからだけどね」

「ふーん」

「とにかく、乙葉さんにもその話すると思うから、話は長いけど、知らん顔して聞いてあげてね」

「了解です！」

話している間に、またすうっと人が入ってきた。淡いブルーの上っ張りを着た老女で小さくて痩せている。毛糸の帽子を被って大きなマスクをし、指先が切れた手袋をしていた。顔はよく見えないけど、帽子の端から、真っ白なおかっぱの髪が出ているので年を取っているのだとわかった。意外にしっかりした足取りで、こちらを見向きもせず、部屋を突っ切って行ってしまった。しばらくすると大きな掃除機とモップなどがのっている台車を引きずって出てきて、部屋を横切っていった。彼女が入っていった部屋からは、掃除機の音がし始めた。たぶん、カーペットの埃《ほこり》を取っているのだろう。

「今のは？」

話が一度途切れたので、乙葉は尋ねた。

「え？」

「今、通っていった女性は誰ですか」

「ああ、小林《こばやし》さん？」

「小林さんていうんですか」

「あの人は掃除のおばさん」

「掃除の方ですか」

「そう。このくらいの時間になると来るの」

「へえ。じゃあ、挨拶した方がいいかな」

みなみは首を振った。

「あんまり人とは話さない人なの。向こうから話しかけては絶対にこないし、こっちから話しかけてもほとんど返事もしない。だから、気にしなくていいの」

優しいみなみにしては、少し冷たい言い方のように聞こえた。もしかしたら、なんども無視されて気持ちを害しているのかもしれない。

「でも、掃除はすごく丁寧だし、悪い人じゃないの」

乙葉の表情に気づいたのか、みなみは慌てて言葉を重ねた。

「あたしたちのアパートの共用部分も掃除してくれるよ。だから、時々、アパートの方でも会うかも」

「そうなんですか」

「一応、図書館の掃除兼アパートの管理人って感じなのかな。例えば、共用部分にあるポストとか、そういうのが壊れたりすると、あの人に言うの。ろくなこたえは返ってこないけど」

みなみは苦笑した。

「次の日には直しておいてくれる」

「なるほど」

「だから、ちょっとぶっきらぼうでも、気にしないようにね」

みなみは自分に言い聞かせるように言った。

「樋口さん」

急に上から声が降ってきて、思わず、見上げる。

「そろそろ寮の方に行ったらどうでしょう。今日はゆっくり休んだ方がいいのではないでしょうか」

篠井だった。

「あ、ありがとうございます」

本当は、初めての出社（本当は出館と言うのかもしれない）に興奮しているのか、ぜんぜん眠くなかったし、楽しいくらいだったのだが、あまりにも皆に勧められるので、休ませてもらうことにした。

「じゃあ、僕が寮まで送りましょう」

篠井は最初からそのつもりだったのか、薄いダウンのコートを着ていた。

「ありがとうございます。あの」

「なんですか」

「亜子さんと正子さんのところにコートとバッグを置いてきたので、取りに行ってきます。それから、お二人にも挨拶したいし」

「待ってます」

乙葉は小走りに受付を離れようとした。すると、篠井が「走らなくていいです。ゆっくり行ってください」と後ろから呼びかけた。思わず振り返ると、「この中では走らないでください。それに、レディは走らない。走るのは子供とスポーツ選手だけです」と言った。

意外とそういうこと言うんだな、と思いながら、篠井とみなみに後ろから見られている、と意識していたら抜き足差し足みたいな感じになってしまった。

開けゴマ、と小さい声で言いながら、亜子と正子がいる部屋に入った。

「すみません。それでは、今日は失礼いたします」

声をかけると、亜子が立ち上がってこちらを見た。

「あらー、わざわざ挨拶に来てくれたの？　そんなのいいのに」

亜子は朗らかに言った。

「バッグとコートも取りに来ました」

「なるほど」

「じゃあねー」と本に埋もれながら、正子が手だけ出して振った。

「明日も、よろしくお願いします」

「ゆっくり休んでね」

何度も頭を下げながらそこを出た。


アパートは図書館の敷地内にあった。敷地にはたくさんの大きな木が植えてあって、ちょっとした公園のようだった。図書館の裏の方に古い木造アパートが建っている。そこを寮としているのは、最初に連絡を受けた時に聞いた通りだった。

図書館を出て裏手に回ると、紺色の屋根に白い壁のアパートがすぐに見えた。

篠井と歩きながら後ろを振り返ると、木々の間から直方体の灰色の建物が見えた。あのなんの変哲もないところに素晴らしいものが詰まっているのだと思うと不思議な気がした。


「寮は八部屋あります。今は全部、埋まっています。亜子さん、正子さん、渡海さん、榎田さん、北里さん、木下さん、徳田さん……そして、樋口さん。樋口さんは二階です」

「篠井さんは入ってないんですか」

スーツケースを引きずって、彼の後ろをついて行きながら、尋ねた。

「僕はこの近くの別の場所に住んでいます」

「そうなんですか」

「まあ、自分で言うのもなんですが、一応、マネージャーという立場なので、皆さんとは別の方がいいかと思いますし、寮もいっぱいなので」

「はあ。なるほど」

篠井は二階の右から二番目の部屋のドアに鍵を差し込んだ。階段を上がる時はスーツケースを持ってくれた。

「一階は渡海さん、木下さん、亜子さん、正子さんが住んでいます。一応、男性が一階の方がいいということで。亜子さんと正子さんは万が一何かあった時、一階の方がよさそうなので」

ドアが開くと、その鍵を乙葉に手渡しながら言った。

「万が一って？」

「地震とか火事とかですかね」

「確かに」

お年寄りなら、その方がいいだろう。

「ここ、築四十八年なんです。古いけど、中は一応、ちゃんと直してあります」

篠井は言いながら、電灯をぱちんと付けた。

「電気と水道は通しておきました。樋口さんの名前で」

それも事前に連絡されていた。

「ありがとうございます」

「ガスは明日、自分で連絡してください」

確かに外観は古い建物だったが、壁は白く塗ってあるし、床はフローリングだった。キッチンと八畳間くらいの、１Ｋという作りだ。バスとトイレは別々だった。古いけど、その分、広々としている。奥の部屋に一畳分くらいのクローゼットというか物置があった。たぶん、押し入れを直したのだろうと思った。

キッチンは二畳ほどで古めかしいが、ガスコンロも置いてある。八畳間にエアコンも付いていた。オーナーに最初に説明された通りだった。一応、すぐに生活が始められそうで、ほっとした。

「明日、引っ越しですよね」

「はい。午前中、赤帽が来るはずです。そんなに荷物はないですが」

「皆にも樋口さんが引っ越しなのは言ってあります。でも、あまり騒がないようにしてください。たぶん、皆、寝てますから。そんなに気にするような人はいないはずだけど」

「了解です」

「あ」

篠井が頭に手をやった。

「今夜は布団がないですね」

「大丈夫です。適当に寝ます。明日、九時から引っ越しなので、それが終わったら出社まで少し休めますし」

それでも篠井は困った顔になった。

「すみません。気がつきませんでした。申し訳ないな」

「本当に大丈夫です」

「そういうわけにはいかないですよ。身体が痛くなるし、寒いでしょう」

何かないかなあ、と言いながら、彼はクローゼットを開いた。すると、そこに段ボール箱が一つ、置いてあった。

「あ、このことを言うのを忘れていました。前任者の忘れ物なんですよ。なぜか、置いていってしまって……すでに連絡済みで、そのうち、取りに来ることになってます」

「そうですか」

「申し訳ないんだけど、それまで置いておいてもらえますか。小田早穂《おださほ》さんという人です」

「はい」

荷物を置いていってしまうとは、いったい、どういう人なんだろう。

しかし、篠井はそのことよりも今は今夜の乙葉の寝具が気になるようで、困った、困った、とつぶやいていた。

「大丈夫です。とりあえず、今夜は適当に寝ますから」

少し強めに言うと、篠井はやっと部屋の中を歩き回るのをやめた。

「風邪をひかないようにしてくださいね。エアコンをちゃんと付けてください」

それだけ言うと、帰っていった。

篠井が出て行くと、なんだか急に気が抜けて、キッチンの床にしゃがみこんでしまった。

はあ、と大きくため息をつく。

今日は本当にいろいろあった。故郷から出てきて、いろんな人に紹介されて、そして、まかないも食べて……疲れた。でも、今のところいやじゃない疲れだった。

すぐに眠くなってきたので、服を着たまま、横になることにした。コートを脱いで、それをかけて横になった。

目をつぶるとすぐに寝てしまった。

しばらくした時、ドアをこんこん、とノックする音がして目が覚めた。暗闇の中で目が覚める。一瞬、自分がどこにいるのかわからなかった。ちょっと考えて、新しい職場の一日目なんだ、と気がついた。

ノックはもう一度鳴った。腕時計を見ると、篠井が去ってから二十分ほどしか経っていなかった。

「……どなたですか」

震える声で尋ねたが、答えはない。

そっと立ち上がってドアに近づき、のぞき穴からそっと見た。誰もいなかった。ぶるっと震えて、このまま無視して眠ってしまおうかと思ったけど、勇気を出して開けてみた。すると、ドアの足下に、寝袋が置いてあった。

「あ」

もしかして、篠井か、図書館の人が置いていってくれたのだろうか。慌てて裸足のまま外に出て、アパートの二階の廊下から外を見ると、篠井が足早にアパートから去って行くのが見えた。

呼び止めて礼を言おうとしたけれど、時間が遅いことを思い出してやめた。明日、いや、今日になるだろうか、また図書館で会ったら言おう、と思いながら寝袋を拾い上げた。

もう一度、彼の後ろ姿を見て、「ありがとうございます」と小さくつぶやいた。


暖かい寝袋につつまれながら、乙葉は短い夢を見た。

いや、夢と言うより、自分の記憶をもう一度巻き戻しているような、考えごとがそのまま映像になっているようなものだった。

本屋を辞めたことを両親に告げに行った時のことだ。

「……大丈夫なの？　そんな田舎の……わけわからない図書館。住み込みだなんて」

母は眉の間にシワを作りながら言った。

いや、こっちの方がずっと田舎だろ、と思ったけれど、確かに武蔵野の山奥はこちらよりも田舎の可能性も高い。

黙っていると、父親がぼそっと言った。

「何事も、三年続かないやつはダメだ」

父はそのまま奥の部屋に立ってしまった。

厳格な父だった。古い考えを持っているのもわかっている。だったら、ブラック企業でも、セクハラされても、会社を辞められないの？　と言い返したかったが、言葉が出なかった。

自分がセクハラされたわけでもない。

「……心配しているんだよ、乙葉のこと」

樋口一葉が大好きな母親が言った。

居間には母の本棚があって、そこには樋口一葉はもちろんのことありとあらゆる小説がずらりと並んでいる。本に関わる仕事をしたい、と言った時、母はもっと喜んでくれると思っていたのに。

好きなことと仕事が一致しなくてもいいんだとお母さんは思うよ、例えば、公務員をしながら好きな本を読むのだって立派な人生だよ……母が言う言葉は嘘ではないと思ったけど、どこか、逃げている気がして受け付けなかった。だいたい、自分が今から公務員を目指して受かるとは思えなかったし。

「私は妥協したくないんだよ」

「じゃあ、あなたはお父さんやお母さんの人生が妥協の人生だと言うの？　諦めて家族を守ってきたと？」

母の顔色が変わった。

今の父からは想像もできないが、昔はバンドをやっていたらしい。母はもちろん、文学少女だった。それを一人娘や家族のために捨てたと言うのだろうか。

「若い時は一時期しかないんだから、やらせてよ」

「……勝手にしなさい」

母は吐き出すように言ったっけ。

悪いことをした、とは思う。迷惑や負担だけをかけて二人の期待には一度も応えていない気がした。逃げているのは自分なのかもしれなかった。


翌朝九時きっかりに、引っ越しの赤帽が来た。呼び鈴が鳴って、乙葉がドアを開けると丸顔のおじさんが顔を出した。

「赤帽でーす」

「ありがとうございます」

一緒に下に降りていくと、赤いトラックが止まっていた。

おじさんは慣れたふうに、テーブルや椅子、プラスチックケースなどをどんどん下ろしてくれた。大きなものから運んでいく。乙葉もケースを一つ持って、彼のあとに続いた。

「いいですよ、私だけでも運べます」

そう言ってくれたけど、さすがに何もせずに見ているわけにもいかない。

ケースを部屋に置いて降りてくると、トラックの脇に徳田と正子が並んで立っていた。

「すみません。起こしちゃいました?」

乙葉は慌てて、謝る。

「いや、何か手伝うことでもあるかと思って」

徳田がもごもごとつぶやいた。

「大丈夫です。私も手伝いはいらないと言われたくらいで」

断っても、彼は冷蔵庫やテレビなど大きなものを運ぶのを、一緒に手伝ってくれた。やっぱり、第一印象以上に、親切な人のようだった。

正子は荷物を運ぶことはできなかったけど、少ない荷物を運び終わると、おじさんにペットボトルのお茶を渡してくれた。

「ありがとうございます。お疲れ様でした。これ、よろしければ」

「いいんですか。ありがとうございます」

おじさんは喜んでもらっていった。

まるで、お祖母《ばあ》ちゃんかお母さんみたいだな、と思いながらその姿を見ていた。

「徳田さん、正子さん、すみません」

赤帽が去ったあと、乙葉はもう一度改めて礼を言った。

「いいの、いいの。私は朝五時には目が覚めちゃって眠れないの。それに、あのお茶、スーパーの特売の時、もらったんだけど、私はああいうお茶は飲まないものだから、冷蔵庫の場所ふさぎになってたの」

「僕も朝から起きてるたちですし」

「よかったら、うちでコーヒー飲んでいかない？　さっき淹れたばっかりのがあるの」

正子が誘ってくれると、徳田は乙葉の顔を見た。ちょっと迷っているみたいだった。

「あ……よろしければ、行きます」

「僕もいいんですか」

その答えを聞いて、徳田も本当は行きたいけど、遠慮していたのがわかった。

正子の部屋は、乙葉とまったく同じ作りだけど、印象はまるで違っていた。

部屋の真ん中にこたつがあって、小さな本棚がある。そして、キッチンの方に大きめの衣装ダンスと食器棚があった。どちらも濃い茶色でしっかりしたもので、それだけでキッチンを占領していた。キッチンには赤と緑のアジアンなカーペットが敷いてあった。

なんだかお祖母ちゃんの家に来たみたいだ、ともう一度思った。実際、そのくらいの歳みたいだし。

「娘の頃、親が買ってくれた物だから、捨てられなくてね」

徳田が食器棚を見ているのに気づいて、正子は言い訳のように言った。

「あ。いえ。実家にもこういうのがあったので」

「どうぞ、おこたに入っちゃって。冷えたでしょう」

こたつで待っていると、正子がコーヒーを持ってきてくれた。古めかしい、ウェッジウッドのコーヒーカップに入っていた。自分は無骨なマグカップだった。

一口飲むと、香り高いコーヒーの味が口いっぱいひろがった。

「おいしいです」

「そう？　嬉しい。駅前の珈琲屋で豆を買ってきてるの。朝だけはおいしいコーヒーを飲みたくてね。私の唯一の贅沢」

「今日はすみません。引っ越しを手伝っていただいて、コーヒーまでごちそうになって」

「僕までいただいちゃって。たいしたことはできなかったのに」

徳田は口ごもるように言った。

「そんなことないわよ。女二人じゃ、力仕事はできないもの」

ねえ、と正子は乙葉に同意を求める。

「はい。ありがとうございます」

「いえ」

徳田は少しはにかんでいた。

「ね、よかったら時々、朝、コーヒー飲みに来て。私は五時から起きてるから。コーヒーを飲んだら、また、寝るの。出勤前の三時まで」

乙葉と徳田の顔をかわりばんこに見た。

「徳田さんもね」

「……はい」

徳田が生真面目にうなずいた。

「迷惑じゃなければ」

「もちろん」

「ありがたいです」

乙葉もうなずいた。

乙葉はコーヒー一杯で自分の部屋に戻った。さっき徳田と赤帽のおじさんが運んでくれた布団袋から布団を引っ張り出して篠井の寝袋の隣に敷いた。そして、シーツもろくに付けず倒れ込んだ。

やっとほっとした。初出勤を終え、引っ越しを終え、職場の人兼近所の住人との交流も終えた。

なんとかうまくやれそうだ、そう思ったら深い深いため息が出た。

誰も乙葉を暗いとか、明るいとか言わなかった。書店をやめた理由も聞かれなかった。

さっきその中から出てきた寝袋の横に『しろばんば』の文庫本が置いてあった。すっかり忘れていたけど、みなみが探して持たせてくれたのだった。横になったまま開いた。

斜めに読んでいたら、結構、すぐにライスカレーの記述があった。

おぬい婆さんの作ったライスカレーは美味かった。人参や大根や馬鈴薯《ばれいしょ》を賽《さい》の目に刻んで、それにメリケン粉とカレー粉を混ぜて、牛缶を少量入れて煮たものだが、独特の味があった。

ああ、あの味だ。きっとあの時食べたライスカレーだ。

妙に嬉しく、安心して、濃いコーヒーを飲んだにもかかわらず、そのまま睡魔に呑み込まれていった。

第二話

「ままや」の人参ご飯

引っ越しを終えたあと、一眠りして午後三時に図書館に行った。

玄関のところに大きな黒塗りの車が駐まっていた。大きいだけでなく、車体もぴっかぴかで、一目で高い車とわかる。思わず中をのぞくと、スーツに黒い手袋をした年配の運転手が座っていて、週刊誌を読んでいた。

こんな立派な車、乗ってきたのはいったい誰だろう、と乙葉は考えて、はっと思い当たった。

もしかして、ここのオーナーではないだろうか。

篠井はあんなことを言ったけど、もしも、何かの拍子にオーナーが来て、ばったり会うことができたら、ご挨拶もできるかもしれない。

乙葉は急ぎ足で中に入った。

図書館の受付にちょうど篠井がいて、どこかに電話をかけていた。少し深刻な顔をしている。彼の隣に、紺の背広を着ている初老の男性も立っていた。

あの人、もしかしてオーナーだろうか、と思いながら近づいた。

乙葉に気づいて、彼も軽く会釈した。

篠井の電話が切れるのを待って、声をかけた。

「おはようございます！　あ、いや、おはようじゃないですけど……」

もう午後だ、ということに気がついて、乙葉は慌てて口をふさいだ。

「ごきげんよう」

「はい？」

「ごきげんよう」

ここでは、いや、この人はごきげんようで挨拶するのか……。

「ごきげんようなら、時間は関係ありませんからね」

「あ、確かに……」

「それはともかく、こちらは図書館探偵の黒岩《くろいわ》さんです。樋口さんは初めてでしたよね」

「え」

オーナーじゃないんだ、図書館探偵……いや、連日、新たな驚きがあるな……ここ。乙葉は挨拶より先にまじまじと彼を見てしまった。

「どうも、初めまして。図書館探偵の黒岩鉄次《てつじ》です」

「あ。失礼しました。初めまして。樋口乙葉です！」

「黒岩さんは元警察官なんですよ。基本的には図書館が開館している時間に来てもらってます。昨日は、樋口さんはほとんど整理室にいたから会わなかったですね」

「はい」

「探偵という肩書きですが、まあ、一種の警備員みたいなものです」と黒岩が説明した。低くて落ち着いた声だった。

「今日は、連絡して早く来てもらったんです……図書館の前に駐まっていた車に気がつきましたか？」

「あ、はい！」

「今、お客様が来ていて」

「それって、オーナーですか!?」

「えええ!?」

初めて、篠井は目を見開いた。

「あの車、もしかして、ここのオーナーかと」

彼はふっと微笑んだ。

「そんなわけない……こちらにはあの方はいらっしゃいませんよ。いえ、いっそのこと、そうだったらいいんですけどね」

「違うんですか……」

乙葉は自然に首が垂れてしまった。

「お会いしたかったのに」

「残念ながら、ちょっとむずかしいお客様でね。じゃあ、失礼します。黒岩さんも来てください」

篠井と黒岩は、蔵書整理室の方に向かった。

乙葉は昨日篠井に借りた寝袋を持ってきていたのだが、返しそびれてしまった。彼も気がついていたはずなのに、何も言わなかった。そんなにすごい客なんだろうか……と考えながら、受付の中の足下に寝袋を置かせてもらった。

彼らと入れ替わりのように、受付の中のスタッフルームからみなみが出てきた。手にお茶をのせたお盆を持っている。

「みなみさん、おはようございます。いや、ごきげんよう」

「ああ。乙葉ちゃん、ごきげんよう」

「なんか、お客さん、来ているんですか」

みなみに聞いてしまったのは、彼女が篠井どころではないくらい、困った顔をしているからだ。

「そう。急に来たの、さっき……」

みなみは声をひそめた。

「誰ですか？　むずかしい人だって、篠井さんが言ってたけど」

「篠井さんがそう言ったの？　じゃあ、乙葉ちゃんにも言っていいのか」

みなみは乙葉を手招いた。耳を近づけるとそこにささやいた。

「田村淳一郎《たむらじゅんいちろう》先生よ」

「げ、田村淳一郎？」

田村淳一郎はこの業界なら誰もが知っている、有名作家だ。確か、七十歳くらいで、若い頃からヒット作をバンバン出しているし、今も新刊書を出せば必ず数週間くらいはベストセラーに入る。

そして……乙葉のような末端の書店員にさえ、その名がとどろくほど「性格が悪い」と有名だった。

テレビなどのメディアで見せるのは、ちょっと豪快な、でも懐の深そうなおじいちゃん、という姿なのだが、編集者には一転、気難しく威張り屋で、わがまま言いたい放題なのだという。

「……どうしてまた、うちに？」

ふと気がつくと、自分がまだ二日目なのに職場を「うち」と呼んでしまっていた。言ってしまってから心の中で少し照れたが、みなみは気がついていないようだった。

「わかんない。どうもあたしたちの出勤前から来てたみたい。北里さんと篠井さんが応対して、応接室に通したの。それから篠井さんがどこかに電話してる。とにかく、あたしはお茶、出してくるわ。頼まれたから」

「私、着替えてきます！」

「お願い。受付、手伝ってくれる？」

「あ、そう言えば、応接室ってどこなんですか」

「二階の、カフェの隣よ。カフェが開いてる時間なら木下さんにコーヒーも出してもらえるんだけど」

「なるほど、あそこですか」

みなみが二階に上がっていくのを見送って、乙葉は「蔵書整理室」に足早に向かった。昨日、正子たちに、蔵書整理をしている間はそこのロッカーを使いなさい、と言われていた。

一大事、一大事。気がつくと小声でつぶやいてしまっている。本棚を開いてそこに入ると、中で正子と亜子、篠井、黒岩が立ったまま話していた。

「……そんなの急に言われてもねぇ」

正子の声が聞こえた。首をかしげている。

「まだ、段ボールの整理もできてませんよ。亡くなってから、数週間なんだから。うちに届いているのも早いくらいよ」

「それで、あの人はなんて」

入口に背中を向けていた亜子が言った時、篠井が小さく首を振った。乙葉がそこにいるのを気づかせようとしたみたいだった。亜子が振り返った。

「あら。乙葉さん、おはようございます」

「すみません、お話し中に」

なんだか、四人のただならぬ様子に、乙葉は身体が固まってしまった。

「いいのよ」

正子さんがすぐに気を取り直したふうに言う。

「私、荷物を置いて……エプロン着けてすぐに……あの受付に座ってって言われてますから」

あんまり四人がこちらを凝視しているから、ちょっとしどろもどろになってしまった。

「いいじゃないの、篠井さん。樋口さんにも聞いてもらった方がいい。今は彼女もここの一員だし、蔵書整理に関係していることなんだから」

「そうですね。着替えながら聞いてください」

「はい」

乙葉は部屋の端の、ロッカーに荷物とコートを置き、エプロンを取り出した。

「実はね、今、図書館の前に駐まってる車、田村淳一郎先生なの」

「ちょっとだけ、みなみさんに聞きました」

乙葉はエプロンの紐を後ろ手で結びながらうなずいた。手こずっていると、亜子が自然に乙葉の後ろに来て、紐を結んでくれた。亜子は結び終わると、とんとん、と乙葉の背中を優しく叩いた。まるで、大丈夫よ、と言うように。

「田村先生、なんの連絡もなしに押しかけてきて……本を見せて欲しいって言うの」

「本……ですか」

ここは一応、図書館だ。本を見せて欲しいと言われるのは当たり前のことだが。

「それが、あれなの。白川忠介《しらかわただすけ》さんの本を見せてって」

「……白川忠介……？　誰です？」

「そうよね、乙葉さんくらいの歳の方はご存じないかもしれないわね」

ここは本当に過去に生きる図書館だ、と思った。昨日から何度も「乙葉さんの歳ではわからないわね」と言われている気がする。

ふっと、早く歳を取りたいな、と思った。歳を取る……経験を積んで、自分も皆に加わりたい、と。

ずっと、「早く決断しないと、すぐに歳を取ってちゃんとした就職ができなくなっちゃうよ」と親たちに言われていたし、自分もそれは意識していたのに。

就職のことはともかく、二十代半ばにさしかかってきて、「もう、そろそろ三十代になっちゃうなあ」と焦る気持ちはなくはなかった。女として。

それが、一瞬とは言え、歳を取りたいな、と思うなんて。

「田村先生と白川先生は両方、関東文学賞の受賞者なのです。それも同時受賞の」

「ああ、関東の」

関東は中堅どころの出版社が主催している、文学新人賞だ。今も存続している。

「あ、でも関東は純文学の賞では?」

「そうです、当時は田村先生も純文学の作家さんだったのです」

篠井が口をはさんだ。

「へえ。初めて知りました」

「白川先生の方は受賞作がそのまま芥川賞の候補になりました。惜しくも受賞は逃されましたが、評価は高く、その後も順調にキャリアを積まれていました」

「そうなんですね」

「田村先生の方はなかなかむずかしい時期が続きました。書いても書いても出身文学賞の雑誌に載せてもらえることもなく、何度も何度もボツを食らって悔しい思いをしたと聞きます」

亜子が小さく肩をすくめ、「それであんなに性格がひん曲がっちゃったのかしらね」とささやいた。正子が唇に人差し指をあて、「し」と押さえた。

「いえ、話に聞くと、その頃は田村先生も性格が良かった、真面目だったと聞きます。とにかく、頑張られていたと」

篠井は言った。

「だけど、ある編集者の説得があって、エンターテインメントの小説を書いて、花開きました。最初のエンタメ小説がいきなり、有名書評家の目にとまり、大絶賛されてそこそこヒットしたのです。そこからはご存じの通りです。そして、性格がひん曲がったのもその頃で……」

「篠井さんまで」

正子が眉をひそめる。

「やっぱり、人はずっと苦労してきて、急にちやほやされるとおかしくなっちゃうんでしょうね」

「なるほど」

「有名な話ですが、登山が趣味の田村先生が担当編集を引き連れて登り、一番先に登ったやつに次の原稿を書く、と言って、我先にと競争させ、その時編集者が転んで大けがをしたとか、いや、先生の帽子が風で飛んで、それを拾ってきたやつに次の原稿をやると言って、岩場から転げ落ちた編集者が足を折ったとか……とにかく、真偽はわかりませんが、そういう噂には事欠かない人です」

「とにかく、噂は噂。今は私たちがどうするか、考えましょう」

正子がきっぱりと言った。

「白川先生の本を見たいというのはどういうことなんでしょうか。お二人は仲が良かったんですか」

乙葉がおそるおそる聞く。

「……実はね、それもまた、いろいろあるの」

亜子が眉をひそめる。

「田村先生がエンタメで成功した頃、白川先生が新聞エッセイを書かれたのよ。それがすごい内容で。君死にたまふことなかれ、って題名で……まあ、与謝野晶子《よさのあきこ》をまねているんでしょうね」

「ずいぶん大仰《おおぎょう》よね」

「自分のライバルがひどい作品を量産している、がっかりした、自分はいつか彼に勝ちたいと思ってやってきたのに、あれではもう彼に勝つことはできない、彼は死んだも同然だから、とか……せめてこれ以上死なないでくれ、とか」

「だから、君死にたまふことなかれ、なんですね」

「それから、二人は犬猿の仲と言われてるわ。というか、ほとんどなんの接点もなかったはずだから、犬猿も何もないのかもね。住んでる世界も変わってしまったし。田村先生は流行作家、白川先生は……残念ながら、結局、芥川賞を取ることもなく、たんたんと文芸誌に作品は発表されていたけど、ここ十年くらいは本も出されていなかった。あまり売れないから。評価は高いんだけどね」

「私は大好きよ。静謐《せいひつ》で誇り高くて、でも、斬新で、いつも驚きに満ちている……人には、人生にはこんな真実がまだ潜んでいたのか、って毎回、感嘆する。白川先生がお書きになった文芸誌は必ず買って読んでた」

その時、ドアが開いて、みなみが入ってきた。

「篠井さんか、誰か来てください。先生がいつまで待たせるんだ、って怒っていて、あたしには手に負えません」

「ああ、すみません。僕が行きましょう」

みなみと篠井が出て行った。黒岩もあとに続く。田村が暴れていたりしたら、彼の出番だからだろう。

「……じゃあ、私、受付の方でみなみさんを手伝いますね」

「そうね、頼むわね、乙葉さん」

「だけど、白川先生の本は今、どこにあるんですか」

正子が首を振る。

「まだ、この部屋にさえ来てないわ。倉庫に入れっぱなし。膨大な量よ。他の方の本もあるし、たぶん、整理するまで早くても数ヶ月はかかると思う」

「なるほど。じゃあ、私は行ってますね」

乙葉は受付に戻るため、部屋を出た。


受付のところにはお盆を小脇に抱えたみなみと今、登館したばかりの渡海がいて、顔をつきあわせてひそひそと話していた。たぶん、内容は田村に関することだろう。

みなみは乙葉に気がつくと、一つうなずいた。

「大丈夫ですか」

「うん、あたしがお茶を淹れた時は『いつまで待たせるんだ』って言ってたけど、その言い方がさ、もう、なんか妙に怖いわけ。低い声で」

乙葉は田村が任侠《にんきょう》ものや刑事ものが得意な作家だったことを思い出した。

渡海が首を振る。

「俺が田村さんにそんなこと言われたら、ぶるっちゃう」

「ここにいらした時はどんな感じだったんですか」

「……最初にいたのは入口の北里舞依さん。あの人はいつも始業時間の四時の三十分前に来て、玄関を開けるでしょ。その時はすでにあの黒塗りの車が駐まってたんだって」

「へえ」

「で、田村先生は怒り狂っていて、いったい、何をやってる、いつまで待たせるんだって」

「事前に連絡が来てたんですか」

「ううん。だけど、図書館という名を称しているなら、昼間に開けていてしかるべきだろうって。まあ、自分が調べもしないで勝手にやってきたから、ちょっと恥ずかしかったのかもしれない」

「ああ」

確かに一理ある。勢いで乗り込んできたら、閉館してたんだから。

「で、無理矢理入ろうとするのを、北里さんが押しとどめて、玄関の前で押し問答になっているところに、篠井さんがやってきたわけですよ」

「へえ。北里さん、女性一人でよく」

「ほら、あの人、空手の有段者だからさ」

「なるほど」

「何事にも動じない」

「それ、空手と関係ありますか」

「いや、あの人、普段あまりしゃべらないけど、時々、話すとおもしろいよ。『わたくしは人間の急所を知っておりますから』っていうのが口癖だし」

「ひゃー」

「とにかく、それで篠井さんがしかたなく応接室に通したところで、あたしたちが来たわけ」

「白川さんの本は今どこに……？」

そこまで黙って話を聞いていた渡海が尋ねた。

「まだ倉庫ですって。かなりの量があるはず」

乙葉は今、聞いたばかりのことを説明した。

「ああ、そうなの。どうするのかしらね」

話しているうちに篠井が二階から降りてきた。深刻そうな顔をしている。

そして、たぶん、自分でもあまり気づかないうちに、小さくため息をついた。そして、そんな自分を三人が見ていることに気づいて、はっとし、受付に歩いてきた。

「どうでしたか」

みなみが一番初めにせき込むように尋ねる。

「白川先生の本はまだ整理できてないし、それはたぶん、数ヶ月後になる、整理が終わったら一番にお知らせする、と申し上げたのですが……やはり……どうしても今日、白川先生の本を見たいと言って、譲られないのです」

「ああ。いやあねえ。わがままよ」

みなみがずけずけ言う。

「もちろん、お忙しい方ですし、そうそうこんな辺鄙《へんぴ》な場所まで来られない、というのはしかたないことですが」

篠井がそれでも少しだけかばった。

「今から倉庫から出してきて、こちらに並べるまで、数時間はかかるし、量もたくさんだから、先生が一通り見るのもお時間がかかりますよ、とは申し上げたのですが」

「倉庫ってどこなんですか」

乙葉の問いに、篠井は渡海やみなみと顔を見合わせて小さくため息をついた。

「……これがまた遠いのです。青梅《おうめ》の奥の方に古い家があって倉庫代わりに使ってるんです。ここから車で一時間くらいはかかりますし、これから向かって、本を車に運び入れ、また戻って……」

「二時間半はかかりますね」

「まあ、田村先生もそれでもいいから、行ってこい、とおっしゃるので」

「なるほど」

「蔵書整理係は正子さんと亜子さんですが、お二人に行ってもらうわけにはいきません。遠いし、重労働です。ここは僕と、渡海さんと徳田さん……それから……」

篠井の目が乙葉のところで止まった。

え、私？　と自分の顔を指で指してしまう。

「ええ、樋口さんもご同行してもらえますか。樋口さんは倉庫、初めてでしょう。ちょうどいい機会ですから」

「黒岩さんに行ってもらった方がいいんじゃないですか」

渡海が気の毒そうに言った。

「いえ、黒岩さんには念のため、ここにいてもらいましょう。またごねると面倒です。ああいう人は女性には上から来るから……」

「ああ」

確かに、相手が女性となると、元々尊大なクレーマーがさらに強気になることがある。乙葉も書店でよく見てきた。

「今も、応接室の前に立ってもらってます」

「わかりました。私、行きます。倉庫、行ってみたいです」

乙葉は言った。

「今日は冷えるし、倉庫はここよりさらに冷える場所です。たいした暖房器具もないので温かくして行きましょう。必要なら、寮に戻られて、何か着るものを取ってきてください」

「ダウンコートを着てきたから大丈夫です」

「では、行きましょう。車一台で運べるかなあ？」

篠井が首をひねる。

「ここの車はハイエースですよね。俺、自分の車、持ってきます。普通の乗用車ですが」

「それだけあれば、なんとかなるか。僕たち、入口に車を回してきますから、徳田さんを呼んできてください」

篠井はみなみに向き直った。

「お茶はまめに淹れ替えてください。そのうち木下さんも登館されるでしょうから、そうしたら、先生にお聞きしてコーヒーを淹れて差し上げてもいいですね」

「ラジャー」

みなみがおどけて、敬礼した。

「何か、困ったことがあったら、正子さんや亜子さんに相談してください。僕の携帯に連絡くださってもいいです」

「アイアイ・サー！」

みなみはもう一度、敬礼した。


徳田と一緒に入口で待っていると、二台の車がやってきた。徳田が自然に渡海の車の助手席に乗ったので、乙葉はハイエースの助手席に座った。

「ラジオでも付けますか」

乙葉がコートを脱いで、後ろの座席に置いていると、篠井が言った。

「はい、お願いします」

篠井とのドライブがこれから一時間くらい……復路を合わせると二時間は続くのか、と思ったら少しだけ緊張した。

「いつもどんな曲を聴きますか」

「なんでも聴きますよ」

「じゃあ、適当に」

篠井が選んだのはＮＨＫで、急にクラシックの弦楽四重奏が流れてきたので驚いたが、彼は特に気にするふうもなくそのままにした。

「……こういうこと、よくあるんですか、作家の先生が来ること」

しばらく走ると、乙葉は沈黙に耐えられなくて尋ねた。

「いや、ないです。あっても年に二、三回ですかね……それに、ほとんどの先生はたぶん、黙って普通のお客様と同じようにいらっしゃって、本を見て帰って行かれますから、こちらで気がつかないこともあるでしょうし」

「確かに」

「あちらから連絡していらっしゃるのは数回です。ご自身の作品の資料とするためにいらっしゃったり、作家の卵の方が、別の作家さんの蔵書を見て参考にしたいといらっしゃったり。単純にファンとして見に来る方もいます。中にはご自分の死後、どんなふうに本が管理されるのか見たいとおっしゃって来る方もいる。でもこんなのはめずらしいです」

「でしょうね」

それからまた沈黙が続いた。

「……あの、ちょっと変なことを聞いてもいいですか」

乙葉はおそるおそる尋ねた。

「なんなりと。僕の答えられることでしたら」

「こちらの図書館……やっていけるのはどうしてなんですか。あの、いえ、私は気にしてないんですけど、両親が私立の図書館なんてどうしてやっていけるんだ、とか、そんな経営でどうしてやっていけるんだ、とか、なんとか、気にしてまして」

「ああ」

篠井がうなずいた。

「こんな経営で不思議ですよね。ご両親が心配なさるのも無理はないです」

「いえ、本当に私は気にしてないんです。万が一何かあっても、地元に帰って別の企業に就職できるとは思います」

あ、と自分で言っておいて、自分で慌てた。

「だからと言って、適当に働いているとか、適当な気持ちでここまで来たわけじゃなくて……昨日一日働いただけですけど、可能ならずっとこちらで働きたいなあって本当に思うほど素敵な職場で、だからこそ、私も少し心配という気持ちもあって」

話しているうちに息が切れてしまった。

「わかりました、いや、もちろん、わかっています」

前を向いているからわかりづらいが、篠井は苦笑しているようだった。

「樋口さんはちょっとまわりを気にしすぎですね。繊細さんなんですね。もっと、力を抜いて、言いたいことを言っていいんですよ、ここでは」

「繊細さん……あ、ありがとうございます」

そんなことを職場で言ってもらったことはなかった。

「まあ、僕はちょっと鈍感なところがあるし、正子さんや亜子さんは鈍感ということはないけど、歳を重ねられてますから、どんと構えているところがある。あまり気にせず、働いてくだされればいいと思いますよ」

「篠井さんが鈍感ですか!?　それはぜんぜん思いませんでした」

思わず、笑ってしまった。

「まあ、私、昨日来たばかりですからわからないこともたくさんありますが」

「親族には、お前は本当に鈍感だねえ、なんて言われることありますよ」

「へえええ！」

「まあ、それはいいや。とにかく、あまり気を遣いすぎないで。これから長くお付き合いするんだから、職場ではリラックスしていきましょう」

「本当にありがとうございます」

思わず、助手席で、深々と頭を下げてしまった。

「で、さっきの話ですが……」

「あ、はい」

「僕がちょっと聞いたところによると、あの図書館の建物自体は、昔……いわゆる、バブルの時代に、不動産でもうけた金持ちが趣味で建てた図書館らしいんです。それがバブル崩壊で倒産して、競売に掛けられ、でも、うまく使われることなく何度も持ち主が変わって、廃《はい》墟《きょ》のようになってうち捨てられていたのを安く買い取って直したんだって、聞いてます。裏のアパートも同じです。そして、最初はほそぼそと作家の蔵書を引き取ってオーナー一人で整理していたのを、数年前、海藤亮一《かいとうりょういち》が」

篠井は、英訳されてから海外でとても売れ、さらに、ノーベル文学賞にノミネートされてからさらに売れた作家の名前を挙げた。彼は五年ほど前に亡くなっている。

「死後、蔵書をうちに残してくれてから、やっとお客さんがコンスタントに来てくれるようになりました。海藤亮一は海外でも有名だし、英語の本もたくさん持っていたので、海外からもファンが絶えず来てくれるようになりました。本当にありがたいことだと思っています。まあ、彼の蔵書が盗まれて、オークションに掛けられて、ちょっとしたニュースになったりしましたが」

「そんなことがあったんですか」

「それから、入口の警備を強化し、黒岩さんが来るようになったんです。でも、その事件でまた少し有名になりましたから怪我の功名《こうみょう》です。ある程度、経営が楽になりました。蔵書を寄贈してくれる作家さんやそのご家族も増えました。中には、財産の一部をうちの存続のために残してくれる方もいますし……それから、国の方からも文化財保全のため、補助金が下りるようになりました」

「そうですか」

「でも、いまだ運営資金のほとんどは、うちのオーナーの個人資産から出ていることも嘘ではありません」

「え、そうなんですか！」

それはオーナーのポケットマネーということか。

「実は……」

「はあ」

「さっきの田村先生、もしも、今日中に白川先生の蔵書を見せてもらえたら、先生の死後、蔵書を寄付する、と約束してくれました。それから、多額の寄付も」

「そうだったんですか」

「まあねえ、僕もただでは動けませんよ」

篠井はめずらしくちょっと笑った。

「先生の蔵書には『日本国語大辞典』もあるそうです。セットで、ほぼ手付かずのやつが」

「あの、日本で一番でかくて高価な辞書ですね。篠井さん、意外とやりますね」

思わず、口が滑って、乙葉はまた自分の口を手でふさいだ。

「すみません、調子に乗りました」

「わかってます。でも、褒めてくれたんでしょ。そういう時は気にしなくていいんです。僕も嬉しいです」

「はあ、ありがとうございます」

また、しばらく静かなクラシック音楽が流れていた。

「樋口さん、よかったら寝てていいですよ。昨日の今日で疲れたでしょう。引っ越しもあったし」

「いえ。大丈夫です。引っ越しが終わったあと、結構ちゃんと寝ました」

「でも、まだ時間がかかるし、向こうに行ったら働いてもらわないといけませんからね」

絶対に寝ないでいようと思ったけれど、篠井の優しい口調のせいか、気がついたら寝てしまっていた。

＊　＊　＊

あたしはそんなにいい人ではないし、しっかりした人間でもない。何より、明るい性格でもない。

慌てて出て行く、篠井と乙葉と渡海の後ろ姿を見送りながら、みなみは思った。

「アイアイ・サー！」なんていったいどこから出てきたんだろう。気がついたら、口が勝手に動いていた。

なんだか、四人が出て行くのを「明るく」見送ったら、めちゃくちゃ疲れた……。

あーあ、とため息をつきながら、よろよろと受付に座る。

「榎田みなみさん」

後ろから声をかけられて、どきっとして振り返った。

正子と亜子が立っていた。

「お一人で大丈夫？」

「大丈夫です！」

大きく笑顔を作って、親指まで立ててみせた。

「そう？　なんだか、元気がないみたいだったから……疲れたら言ってね。それから、田村先生」と言いながら、彼女は上を指さした。「あの人が何か言ってきたら遠慮なく声かけて」

「本当に一人で大丈夫？」

亜子も心配そうに言う。

「あ……」

本当は一人にして欲しくなかった。誰かに脇にいて欲しかった。あのおじさん……いや、おじいちゃん……田村淳一郎、すごく怖かった。また怒鳴りつけられたりしたら泣いてしまいそうだ。それに、何か言われたら声かけて、って言ってくれても、その「言われた」時に誰かが横にいてくれなくちゃ、あたしが一人で対処するわけじゃないか……怖いよ、そんなこと一人じゃできないよ、今日は渡海さんも倉庫まで行っちゃったんだし。

「大丈夫です！」

心とは裏腹に、また笑顔で言ってしまった。今度は両手の親指を立て、それをそろえて「ぐっ」とやってみせる。

「あんなおじい、一人でやっつけちゃいます」

「やっつけるまでしなくていいのよ」

正子が思わず、吹き出した。

「あ、そうですね。とにかく、あたし、負けませんから」

「……負けていいのよ」

亜子がそう言ってくれて、はっとした。

「え」

「じゃあ、あたしたち、整理室にいるわね」

みなみの表情には気づかなかったようで、二人は去って行った。

亜子さんが言った「負けていい」ってどういう意味だろう。そう考えながら受付業務の準備をした。嵐が来ても、雪が降っても、変な小説家がやって来ても、図書館は開けなければならない。

パソコンを開いて、机を片付ける。図書館の公式問い合わせメールアドレスに来ている質問に答える。ほとんどが蔵書や扱っている作家の質問だ。

——埼玉県出身の作家、石川清孝《いしかわきよたか》について調べています。彼の蔵書の中に医療関係の専門書はありますでしょうか。あったら、どのようなものか、目録を作って送ってください。

同郷の郷土史研究家らしい。大方、高校の社会の先生かなんかが、退職後、研究家だと名乗ってるクチだろう。

知らねぇよ、ウザいな。

心の中で毒づく。

ここは公立の図書館でもないし、自分はボランティアでもない。なんで、見知らぬ研究家風情に、メール一本で目録まで作って送らなきゃならないのか。

いや、もちろん、そういうリファレンスが図書館司書の大きな仕事の一つだということはわかっているが、ここでそこまでやってやる必要があるのか。

——その中に興味深いものがあれば、そちらに伺って直接調べるのもやぶさかではなく……。

は？　いい資料があれば行ってやってもいいよ、とでも言いたいのだろうか。やっぱり、きっとこの人は教師か……学者だろう。この上から来る感じ、間違いないね。

しかし、無視もできない。みなみは石川清孝の蔵書一覧を探し出し、それをメールに添付して送り返した。できるだけ慇懃無礼《いんぎんぶれい》な言葉を添えて。

——このたびは当館にご連絡いただき、ありがとうございます。石川清孝氏の蔵書から医学関係のものを抜き出そうと作業を始めましたが、医学については門外漢《もんがいかん》の私には見落としてしまう可能性があると途中で気づき、こちらを全部送って、見ていただいた方が確実かと思いました……。

もちろん、全図書には索引と図書の分類番号が付いているから、検索機能を使ってそれだけを取り出して目録にすることはできる。だけど、この相手はどこかむかつく。頼めば一瞬で答えが返ってくると思っている図々しさがたまらなかった。

イライラしながらメールを打って、送ってしまったら気持ちが晴れると思っていたのだが、それが「シュッ」というかすかな音とともに送信されると、書く前以上のイライラが襲ってきた。

こういう時に、みなみは自分が、本やそれに関する仕事がそう好きではないのかな、と思う。

子供の頃はおとなしい子だった。公園や校庭が嫌いだった。何事にも不器用で、運動神経が悪く、走ったら転ぶし、ボールを投げたら突き指するし、うんていやジャングルジム、鉄棒からは落ちた。怪我しないようにするには家の中でじっと本を読んでいるくらいしかなかった。幸か不幸か、両親も本が好きな人だった。

「みなみは本が好きなのね」「みなみは国語が得意なのね」「みなみは学校の先生か図書館の先生になるといいわ」……そんな言葉に背中を押されるように、なんとなく、大学の英文科に通い、図書館司書と教員の資格を取った。免許は持ったものの、学校の先生にはなりたくなかった。あまり好きではなかった学校生活にまた戻るのを考えるとぞっとした。

東京の中堅大学を卒業しても、図書館司書の仕事なんてそうはなかった。みなみは結局、地元の公立図書館のアルバイトに応募した。アルバイトはどんな仕事でも一律、三ヶ月の期限付きだった。市内には図書館が地域ごとに点在していた。自然、そこを三ヶ月ごとに転々とすることになった。同じことをしている人が何人かいて、それで、なんとかその市の図書館は持っているのだけど、誰もそれを是正しようとはしないのだった。

面接の時から、図書館司書ではなくてアルバイトとしての採用ですがいいですか、と聞かれた。つまり、専門職としてではなく、誰でもできる仕事として雇われるのだ。他には募集がないのだから否も応もなかった。

実を言うと、みなみ自身もそれを強く求めようとも思っていなかった。最低賃金の時給はもらえる。ただ、あまり高額の給与は出せないと聞かされていて、月に働ける日数や時間が決まっており、その他はサービス残業になった。年金や健康保険料を引かれると月十二万くらいが毎月振り込まれる。実家から母が作ってくれる弁当を持って通っている分にはまあ、生きていける。家に三万入れて、少しは好きなものも買えて、貯金もできる。親も「娘は市の図書館で働いています」というのは、悪くなかったらしい。こういう生活をして、いつか知り合った人と結婚するのだろうと思っていた。

地方の図書館司書、非常勤です、というプロフィールでSNSをやっていた。ハンドルネームは「サウス」。本当は関東近郊在住だったのだが、怖かったので、まるでどこかの地方に住んでいるように装った。たいした投稿もしておらず、時々、食べたケーキやカフェの写真を上げたり、小説の感想を書いたりしているくらいだったのに、数年で、数百人くらいの人とフォローしたりされたりしていた。平均的な、おとなしいSNS活動だった。

ある時、何気なく、自分の置かれている境遇について書いた。市の規約でアルバイトは一律、三ヶ月までと決められていること、だけど、実際は期間が終わると数日だけ休み、別の図書館に移るという形式で何年も続けていること、給料は手取り十二万で増えることはまったく期待できないこと……自嘲《じちょう》気味に書いた文章だったのに、それは瞬く間に広がった。

ト」を数百され

大学出の図書館司書と教員免許を持っている「知的な女性」がこのような境遇に置かれているることは日本の根本的な構造問題ではないか……とインフルエンサーの男性に引用リツイートされて、さらに広まった。

正直、そこまで何かを訴えたくて書いた文章でもなく、みなみ自身がかなり戸惑った。もしも、これ以上広まり、社会問題になるようなことがあったら、アカウントごと消そうと思っていたけれど、それは二日ほどで鎮火し、「いいね」を数千、「リツイート」を数百されたところで、ほとんど話題にならなくなった。

ほっとしていた時に送られてきたDMがここへの誘いだった。

——拝啓、いつもツイート拝見しております。わたくし、ハンドルネーム、セブンレインボー、と申します。このたびの、図書館の仕事に関する、サウスさんのツイートに驚きました。もし、よろしければ、本に関する仕事をご紹介できるかもしれないのですが、いかがでしょうか。

みなみが魅かれたのは、図書館の仕事という内容でも、作家の蔵書を集めているという特異性でもなく、その待遇だった。給料も今より三万も高いし、無料の寮が付いている……。その少し前から、親の「結婚しろ」という声がうるさくなってきていた。うっとうしかったし、いずれ結婚するとしても一度は一人暮らしをしてみたかった。

あまりにも消極的な理由で、みなみはここに来た。

思っていた以上に、ここは働きやすかった。仕事はのんびりしていて、優しい人ばかりだ。乙葉が来るまで、ここで一番若いのはみなみだった。どこか職場の「末っ子」のような振る舞いが身についてきた。ここにいる人は、ずっと年上の正子と亜子、物静かな篠井、お兄さんのような渡海（徳田はみなみが入館した頃にはまだいなかった）という面々で、「いつも明るく、おちゃめな末っ子」を必要としている気がした。いや、考えるより先に、身体がそう反応していた。

だけど、こうして、わがままな利用者のメールに返事を書いていると、自分の本性が現れてきてしまって怖い。

この図書館で働いている他の人と、自分はまるで違う……。

あとから入ってきた徳田も、昨日来た乙葉も「本が大好き！」「小説が何より好き！」ということは隠そうとしない。

みなみは実は仕事上必要なものくらいしか読まないし勉強しない。ただ、必要なものが多いから、読書家に見えているだけだ。

いつか、自分の化けの皮が剝がれるんじゃないか……。

みなみはいつも怯えている。

＊　＊　＊

「樋口さん、そろそろ着きますよ」

篠井の声で目覚めると、あたりは真っ暗で山の中の道に入っていた。思わず、後ろを見ると、もう一台、渡海の車はちゃんと後ろを追ってきていた。しかし、それ以外は真っ暗闇だ。

「すみません、寝ちゃっていました」

「いいんですよ。僕が言ったんだし」

「すごい場所ですね」

「これでも、東京都なんですよ」

林を抜けると小さな集落が出てきて、その中の木造の一軒家に篠井は車を止めた。家は農家のような作りで二階建て、周りを竹林に囲まれている。広い庭があって、一部は畑のようになっていた。

「ちょっと待っていてください」

篠井は運転席側から降りて、車の後ろに回り、懐中電灯を二つ取り出した。一つは後ろの車の渡海たちに渡し、一つの電気を付けて、助手席を開け、足下を照らしてくれた。

「ありがとうございます」

冷気がさあっと入ってきて、思わず、首をすくめた。夜の図書館のあたりだって十分郊外だし寒いけど、ここはまた一度くらい温度が低い気がした。

「真っ暗でしょう。気をつけて」

四人で懐中電灯の明かりを頼りに、農家風の家の戸口に立つと、篠井が鍵を出して、がちゃがちゃ音を立てながら引き戸を開けた。

ここ、東京らしいけど実家の方の雰囲気に近いわ、と乙葉は思った。乙葉の家は町中でマンションだったけど、友達の家にはこういううちがたくさんあった。

「倉庫ってここなんですか」

「はい。ここもオーナーが気に入って買った家の一つなんです。裏に倉もあるから、本を置けるだろうって」

「なるほど」

「一見、普通の木造だし、古いから湿気や何かが心配に思うけど、木材で建てた家で意外としっかりしているんです。とはいえ、オーナーはもう少ししたらちゃんとした倉庫を買って、そっちに移すつもりだとは言ってたけど」

「いや、それにしても冷えますね」

渡海が言って、徳田もうなずく。

「今、電気を付けますからね」

篠井が玄関の電気を付けると、ぱちんという音がしてあたりが急に明るくなった。思わず、ため息がもれる。それだけでも少しだけ温かくなってきた気がした。

玄関は土間になっていて、乙葉の寮の部屋くらいの広さがある。前の持ち主のものなのか、木製の鷹《たか》の像が飾ってあった。

篠井がまた引き戸を開けるとひろびろとした部屋があって、真ん中に囲炉裏《いろり》が切ってある。

「いや、これは立派だ。旅館でもできそうだな」

これまで黙っていた徳田が言った。

「徳田さんも初めてなんですか」

「いえ、前に一度来たけど、その時は別館の方の蔵書を取りに来ただけだから」

「別館もあるんですか」

「ええ、この裏に離れがあるんですよ」

囲炉裏の部屋の隣に台所があって、その奥に客間のような日本間が二部屋続いており、段ボール箱が積み上げられていた。

「白川先生の蔵書はここです」

「うわ、これですか」

「まあ、とにかく、運んでしまいましょう」

「このままやりますか。さすがに寒すぎませんか」

徳田が口をとがらせて言う。

「じゃあ、まあ、ヒーターだけ付けますか。このヒーターは家をリフォームする時に間に合わせで付けたものらしくて、小さくてあまり効かないんですよ。もしかしたら、僕らが運んでいる時間くらいじゃぜんぜん暖まらないかもしれない」

それでも篠井がスイッチを探して入れた。ぶおーとおかしな音がして部屋の端に付いていたヒーターが動き始めたが、確かに、風が出てくるばかりで逆に部屋が冷えてきたような気がした。

「正子さんと亜子さんに聞いてきました。白川先生の箱は全部で二十三箱。すべて上と横に先生の名前が入っています」

「これですね」

乙葉は一つ見つけて言った。

「このあたりは、全部そうみたいです」

「結構あるね」

「作家としてはごく普通の量です」

そこからは、全員、黙って運んだ。乙葉には無理しないように、と言い、小さめの箱を回してくれたけど、それでも本の入った箱はみっちりと重かった。

部屋はいつまでも暖まらず、冷気が足下から上がってくるようですぐに身体が冷え切った。板の間の上を歩く時は、裸足でスケートをしているみたいだった。靴下一枚で来たことを後悔していた。

それでも、部屋と車までの往復を何度かして、三十分ほどで運び終わった。その頃やっと、ほんの少しだけ部屋が暖まってきたような気がしたが、もしかしたら、身体を動かしたからかもしれなかった。そのくらい、その家は底冷えした。

帰りは行き以上に無言だった。乙葉は、車の運転を代わりましょうか、と言ってみたけれど、篠井は自分がすると言って聞かなかった。

「郊外といえど、一応東京ですし、昨日出てきたばかりの人には酷ですよ。それに僕、運転はわりと嫌いじゃないです」

乙葉も地元では運転していたし、山道を攻めたことは何度もあるので、ハンドルさばきには自信があるのだが、それ以上は言わなかった。

一度だけ、コンビニの前に止まって交代でトイレ休憩を取り、温かいコーヒーを飲んだ。

「……どこか、ファミレスで軽く食べて帰りませんか」

渡海が提案したけど、篠井は首を横に振り、スマートフォンを取り出した。

そこには、正子からの何度かの着信とみなみからのショートメールが来ていた。

「さっき正子さんにかけ直してみたけど、田村先生、もう限界に近いそうです」

「なるほど」

みなみのショートメールには、「あと何分で着きますか?」「コーヒーは嫌いだって言われました」とあり、それ以外にも何度か、泣き顔のスタンプが送られてきていた。

四人で顔を見合わせて、自然にため息が漏れた。

「事故を起こしたり捕まったりするわけにはいかないけど、できる限り急ぎましょう」

篠井が言うと皆、うなずいた。

車に乗ってから先はさらに無言が続いた。図書館がある町の名前が道路標識に出てくるとほっとした。

「あ、一言、言っておきたいのですが」

図書館が見えてくると、篠井が言った。

「なんですか」

「あの家……今日行った、倉庫代わりの家ですが、本当はとても素敵な建物なんですよ。今夜はあいにくの天気だし、ただただつらい記憶になってしまうかもしれませんが、今度、天気のいい日に機会があったら行ってみるといいですよ」

「そうなんですか……わかりました」

今はその気にならないな、と心の中で思った。


図書館の入口には台車を用意した三人……正子、亜子、みなみが待っていた。

「お疲れ様。もう、今か、今かと待っていたんですよ」

正子が言う。

「もう、あの人、応接室の中にいてくれればいいのに、図書館の中を歩き回って、『あいつ、くだらない本読んでやがる』とか、『売れもしない癖にいっちょまえに小難しい本を読みやがって』とか悪態つくし、カフェでは木下さんのメニューに難癖つけて喧嘩になりそうになるし……」

みなみがうんざり、という顔で言う。

「すみません、大変でしたね。僕ももう断ればよかった、と何度も思いました」

「まあ、黒岩さんが先生の後ろにぴったりくっついてくれていたからね。多少はましだったのかも」

「本当に申し訳ない」

篠井が深く頭を下げた。

「篠井さんのせいじゃないわよ。さあ、運びましょ」

亜子だけがほがらかだった。

まず、男たちが車から本をおろし、台車にのせた。

「樋口さんは休んでていいですよ」と皆に言われたが、亜子の台車にのせた二つの段ボール箱が少し安定が悪く、ぐらぐらしているのを見て、手を貸すことにした。

「私が押しますから、亜子さん、段ボールを押さえててくれますか」

「この段ボール、少し詰めすぎて膨らんでるから安定しないのね」

エレベーターで二階に上がって、応接室に入っていくと、すっかり疲れ切っている田村がだらしなくソファに腰掛けていた。

「やっと来たか……」

礼もない。その言い草には腹が立ったが、考えてみるとこのおじいさんは、昼間からここで待っていたわけで、疲れるのは仕方ないかもしれない、と思った。

亜子たちは黙って台車から段ボール箱をおろし、一つずつ、ガムテープを剝がして箱を開けた。

「ああ、ああ。それ、なんか、はさみ……いや、ナイフみたいなもん……」

厳重に貼られたガムテープに手こずっている亜子の姿を見て、田村はイライラと叫んだ。

「カッターですか」

みなみが無表情に答える。

「そう。カッターでさっさと開けられんのかね」

「本が傷つくかもしれません。大切な本が。そんなことはできません」

正子がきっぱりと言った。

さすがに、田村も黙った。

そんなに焦っているのに、田村は全部の箱が運び込まれるまで、箱を改めようとはしなかった。箱の横にずっと立っていた。

「これで全部ですが……」

篠井が最後の箱を開きながら言った。

「そうか。じゃあ、皆、出ていってくれ。あとは自分でやるから」

最後まで礼もなく、むしろこちらに恩を着せるように言った。

やれやれ、やっと終わった……皆にはどこかほっとした空気が流れた時だった。

「そういうわけにはいきません」

正子がきっぱりと言った。

「白川先生の本はまだなんの整理もしていません。冊数も数えてないし、索引や名簿も作ってない。ここから本が紛失しても私たちにはわかりません」

「……つまり、俺がここの本を盗む、と言いたいのか？」

「紛失、と言ってます。何かの拍子に、本が紛れ込んだり、わからなくなったりしたら、困ります」

「俺を疑っているんだな？　俺がこんなしけた野郎のしけた本を盗むような男だと」

「男か女かは関係ないし、紛失したら困る、と言っているんです。誰か一人でもいいから、ここにいさせてください」

「俺がお前たちから本を盗むから、見張っていたいってそういうことだな？」

田村が一言一言を発するたびに、その声は太く大きく低くなっていった。最後の方はほとんどヤクザものの映画のようだった。

でも、正子はまったくひるんでいなかった。痩せている正子にのしかかるように、大男の田村が声を荒らげても。

「だから、盗むなんて一言も言ってません。それから、ここの本が私たちの本というのも違います。ここにある本はすべて、作家という種類の人たちが遺した文化財で、国民の、いえ、全人類の宝です。もちろん、田村先生、あなたが本を遺されたら、その本もそうですし、そういうふうに扱います。私たちは作家というものを愛しているからです」

怒りで膨れ上がり、はち切れそうになっていた田村の顔が急に小さくなった。

「……じゃあ、お前。お前ならいていいよ」

正子を指さした。

「だけど、他はダメだ」

「わかりました」

篠井が何か言おうとして前に出たが、正子が首を横に振って止めた。

「私が先生のお世話をしますから、他の方は出て行ってください」

皆、ぞろぞろと……正子以外は応接室の外に出た。


「正子さん、すごいですねえ」

「さすがにパソコンがない時代から図書館司書をしていた人は気構えが違う」

渡海が頭を振りながら言った。

「それ関係ありますか」

「ありますよ。正子さんたちは自分の図書館の蔵書の名前や内容、場所を五千は覚えなきゃだめっていう時代だからね」

「へーえ」

受付に戻ると、黒岩が外から入ってきたところだった。

彼は乙葉たちに近づくと、親指で外を指さしながら「今、あの車の運転手……大先生の運転手に聞いてきたんですが」と言った。

そういえば、黒岩は段ボール箱を運ぶのは手伝ってくれていたけど、最後の方になったらいなくなっていたな、と乙葉は気がついた。

「なんか、わかりましたか」

「木下さんにコーヒーをボトルに詰めてもらって差し入れしたんです。先生のお抱えの運転手ではないそうですね。だけど、ハイヤー会社と契約して、必要な時だけ車を出してもらうようにしているみたいです。彼はよく先生に指名されているらしくて、わりによく知ってるみたいでした」

「そういう方なんですね」

「さすがにちゃんとしたハイヤーの会社なんで、口は堅いです。コーヒーくらいじゃ簡単にはしゃべらない。だけど、先生は普段、外出にはどこかの出版社の営業部員や編集者を秘書代わりに付いてこさせるってことは聞けました」

それがどう関係あるのだろう、と乙葉は思った。

「尊大で、顎で人をこき使って、鞄持ちさせて、ああしろ、こうしろとうるさいから、皆に嫌がられている。しかも、下手すると飯代やハイヤー代も出版社に払わせようとして、本当にケチなんだと。ハイヤー代は経費に回せるはずなのに、です」

話さないというわりに、よく聞いてきてるな、さすが元警官、と乙葉は感心した。

「だけど、今日は編集者を連れて来ないからびっくりした、って。よほど大切な用事か、誰にも知られたくないんだろうって言ってました」

「なるほどねえ」

皆、一様にうなずき合った。

「いずれにしろ、白川先生の蔵書はそれだけ大切なものなんですね」

篠井がつぶやいた。

「いったい、どういうことなんだろうなあ」

乙葉は自分で尋ねながら、答えが返ってくるとは思わずに言った。

「こっから先は、私にはわかりません」

黒岩が、篠井の肩をぽんぽんと叩いた。

「たぶん、あなたたちの仕事です」

「まあ、そうですね」

「私は念のため、応接室の外に立っていますね」

「あ、そうですね、お願いします」

黒岩の後ろ姿を見送った。

「さあ、これから何時間かかるかわからないけど、普段の仕事に戻りましょ。あたしと乙葉さんは蔵書整理、他の方はお客様がいらっしゃる準備」

亜子が言って、皆、のろのろとうなずき合い、自分たちの持ち場に戻った。

乙葉は亜子と蔵書整理室に入り、昨日の仕事の続きをした。慎重に蔵書印を押し、亜子は本の記録を取った。

こつこつ、という自分が発する音と、亜子がメモをしたり、パソコンを叩いたりする音だけが部屋に響いていた。だけど、それはとても落ち着いている時間で、悪くなかった。

ふと顔を上げると、田村と正子を部屋に置いてきてから一時間ほどが経っていた。

「どうしているかしらねぇ」

乙葉が壁掛け時計を見上げているのに気がついて、亜子も言った。

「正子さん、怒られたりしてないですかねぇ」

「まあ、あの人は多少怒られたくらいじゃへこまないから」

ふふふ、とお互いに声を合わせて笑った。

「亜子さんは、正子さんとは昔からのお知り合いなんですか」

「ううん。ここに来てから知り合ったの」

「え。そうなんですか。仲がいいから、てっきり長い付き合いのお友達なのかと思った」

「違うの。だって、正子さんは大きな図書館の図書館員だったし、あたしは逆。静岡の駅前の小さな書店の店員だったんだもの」

「ああ、そうなんですか」

「正子さんはね、ばりばりよ。いわゆる……キャリアウーマン、っていうの？　だけど、あたしは……煙草や新聞や文房具も一緒に売っているような、ちっちゃい店」

「あ、でも、それだけいろいろ扱っていると、逆に近所の人の動向とか、全部わかるんじゃないですか」

「そう。ご名答。コンビニなんてない時代だからね。どこの家の旦那さんがなんの銘柄を吸っているとか、どこの家のお子さんが何年生になったのか、とか、もちろん、本の好みもわかっちゃうし」

「お店って、ご家族とやっていらしたんですか」

「そーよー」

それって、ご両親？　それとも旦那さんですか、と聞きそうになって、乙葉は口をつぐんだ。なんだか、それはちょっと踏み込みすぎな気がしたのだ。いずれにしろ、今、亜子がここで寮に一人で入っている、ということは、店にも亜子にも何かがあったに違いない。

乙葉が小さく息を呑んだ時、整理室の入口が開いた。

はっと顔を上げると、正子が立っていた。

「正子さん！」

「大丈夫ですか」

正子がかすかにうなずくと、手招きした。

「……田村先生がね、皆に応接室に集まって欲しい、って」

「え」

「安心して。お礼を言いたいって言っているから」

亜子と顔を見合わせて、「よかったあ」と言った。

「私は他の人たちを呼んでくるから、二人は応接室に行ってあげて」

亜子と並んで部屋に入っていくと、そこにはすでに篠井がいて、田村から激しく熱い握手を求められていた。

「ありがとう！　君、本当にありがとう！」

「いいえ、そんな、どうも」

英語のシェイクハンドという言葉そのままに、彼は激しく上下に握った手を振っていた。まるで、政治家の握手みたいだ……と乙葉は思った。

「君たちも、本当にありがとう。申し訳ない。私の非礼を許してくれ！」

田村の頬には涙の跡があった。

非礼はいいけど……なんというか、そういう激しいやつは勘弁して欲しい……篠井の手を握りしめているのを見て、乙葉は自然、亜子の後ろに下がった。

「本当に、感謝だ！　感謝する！」

でも今度はこちらに向かってきた。ひゃっと首をすくめたところで、亜子がきっぱり、「ありがとうございます。先生のお気持ちだけで結構です」と言って乙葉と田村の間に割って入った。それはやんわりとしているけど、きっぱりとした拒絶だった。

「そうか……？」

「謝罪には及びません。あたしたちは当たり前のことをしただけですから……本当にもうお気遣いなく」

そうしているうちに、みなみ、渡海、徳田たちも入ってきた。

田村は同様に皆にお礼を言い、深々と頭を下げた。

――悪い人じゃないのかもしれないけど……なんというか、良くも悪くも、激しすぎるんだよなあ。だったらもうちょっと前に改心して欲しい。

「ああ、皆、集まったかな」

田村は応接室を見回しながら言った。

「今日は、いろいろすまないね。大騒ぎをしてしまって、申し訳ない。ただ、これもまた、私の文学に対する愛情と思って欲しい。ええと、お礼と言ってはなんだが、これからもこちらのことは応援するし、こちらの篠井君にはすでに伝えたが……」

田村が彼の方に目をやる。

「私の蔵書はもちろん、寄贈するつもりだし、毎年、些少《さしょう》だけれども、こちらに寄付をさせて欲しいとお願いした」

篠井は横で、小さくうなずいた。

「じゃあ、そういうことで、また、何かあったら遠慮なく相談してくれ……」

「できたら、先生がこちらに来た理由を話してあげたらいかがですか」

正子が穏やかだけどきっぱりした声で言った。

「いや、それは……」

「先生がお帰りになったら、なんらかの説明を私からしないわけにはいきません。こんな騒ぎになったのですから……だとしたら、ご自分の口から説明された方がいいんじゃないでしょうか」

「そうか……」

田村は一瞬、迷った顔をしたが、すぐに「それもそうだ」と気を取り直したらしく、話し始めた。

「知っているものはいるかもしれないが、この白川君というのは私の唯一のライバルだったんだ。すばらしい作品を書く青年で、昔は時々会って、仕事や小説の話をしたものだよ……私は彼が本当にうらやましかった。彼の才能がねたましかった。だけど、そんなことは関係ないくらい、優しくていい人で、私たちは何時間も何時間も、安い酒を飲みながら話した。あんなふうに話せたのは同業者では彼一人だ」

田村はその頃を懐かしむように、微笑んだ。

「だけど、ささいなことから袂《たもと》を分かってしまってね。それからはずっと音信不通だったんだ。どうせあいつは、私のことなんて馬鹿にしているんだろう、ってずっと思ってた、だけど」

彼はちらっと正子を見て視線を交わし、小さくうなずいて、また話し出した。

「今日、ここに来たのは、彼の蔵書がここに寄贈された、と聞いたからだ。私はもう決着をつけたかったんだ。ずっと彼にコンプレックスを抱いていて、本当は彼の方がずっとすごい作家だったんじゃないか、ずっと私を馬鹿にしてたんじゃないかって思うのはやめにしよう、って思った。私の本は最初の数冊だけは彼に献本していた。サインも書いてね。仲が悪くなってからは一切贈ってない。もしも、私の本が一冊もなかったら、あいつは小さなやつで、私のことをうらやんで本を処分したんだろう、って思うことにした」

「それで……？」

篠井が尋ねながら、正子の顔を見た。正子は首を振った。それは「先生から話してもらいましょう」にも「本はなかったの」にも見えた。

「……本はあった。それも、私の本は全部、贈った本だけじゃなくて、これまで出版した本、全部……ちゃんと読んでくれてたんだ」

先生は泣き出した。腕で顔を隠し、涙をごしごし拭いた。

「自分がいかに小さな人間か……悲しくなったよ。なんで、もう一度、こちらから声をかけなかったのか……」

部屋の中には、田村のすすり泣く声がしばらく響いていた。

田村が白川の本を見終わり、自動車に乗って帰って行ったのが、ちょうど夜の十時くらいだった。

「お疲れ様でした」

自動車が門を通り抜けていくと、篠井が皆を振り返って言った。

「お疲れ様です」

乙葉たちも次々と頭をさげた。

「ありがとうございました」

「皆、疲れたでしょ」

「いや、まいったよねー」

思い思いに、皆、お互いをねぎらった。

「皆さん、夜食のまかないを食べに行ってください。僕、受付に座っていますから」

「いえ、今夜は私たちが受付にいるわよ。篠井さんたち、倉庫に行ってくれた組から食べたら」

正子が提案した。

「いえ、僕はまだ大丈夫です。お二人こそ、休んでください」

篠井がきっぱりと断った。

「食べなさいよ、篠井さん。今夜は全体に食事が遅れているから、木下さん、きっとイライラしていると思う。あたしはあとでお弁当、食べるし」

亜子がさらに勧めてくれて、篠井、渡海、徳田、そして、乙葉で食事を取ることにした。

「……篠井さんが皆とご飯食べるの、初めて見るかも」

二階に上がりながら、渡海がこそっと乙葉にささやいた。

「そうなんですか」

「とにかく、レアだよ。いつも一人で行動する人だから」

「正子さんたちが勧めてくれたから？」

「それもあるけど、たぶん、本当に疲れているのかも」

亜子が言った通り、木下がカリカリしながら待っていた。

「今日は『ままや』の日なのにさ、皆、早く来ないからご飯余っちゃって、どうしようかと思ったよ。炊きたてを食べてもらいたかったのに」

「ままや……？」

尋ねたつもりだったのに、木下は答えず、さっさと厨房《ちゅうぼう》に入っていった。

四人でテーブルに座って互いの顔を見ながら、なんだか、居酒屋に来たみたいだ、と思った。だけど、飲み会と違うのは、誰も話し出さないことだ。前に座る篠井の顔色が白いのを見て、たぶん、自分も同じような感じなんだろうな、と思った。

「さあ、お待たせ」

木下がトレイを一つずつ持ってきて、皆の前に置いた。そこにはスープにおかずが二品、そして、オレンジ色のご飯……?!

「これ、なんですか」

「人参ご飯だよ！　お代わりは何杯でもオーケー」

確かに、人参しか見えないくらい、ぎっしり人参が入ったご飯なのだった。

まず、スープに口をつける。ジャガイモを粗く潰したポタージュスープだった。派手さはないが、しみじみとした旨みが身体に染み渡った。大きなため息が出た。それは田村を前にした時のようなものではなく、温かい満足のため息だった。

次に人参ご飯を手に取った。

「……ああ、おいしい」

一口頰張って、思わず声が出た。人参の甘み、醬油の香ばしさ。なんて優しくて、おいしいご飯だろう。

「『ままや』というのは向田邦子《むこうだくにこ》さんが妹さんにやらせていたお料理屋ですよ」

篠井が人参ご飯を食べながら、言った。

彼はごくごく小さい一口分を箸でつまみ、咀嚼《そしゃく》していた。ほとんど、表情が変わらないくらいしか、口も顔も動かさない。上品というより、とにかくちまちましている。

「そうなんですか」

「樋口さん、向田邦子さんの著書は……?」

「エッセイをちょっと読んだくらいですね。私、戯曲、シナリオを読むのが苦手で……エッセイ、すごくおもしろくて、もっと読みたいと思ってたんだけど、なかなか機会がなくて」

「新刊書の書店員さんはそうかもしれませんね」

渡海が、しかたないよ、というようにうなずく。

「新しい本で読みたい本、読まなくちゃいけない本がどんどん出てくるし」

思わず、言い訳のような言葉が出てしまう。

「しかし、これは何度食べてもおいしいな」

徳田がぽつりとつぶやいた。

「本当に。人参と油揚げだけとは思えない旨みですよね」

「身体にもいいし」

「疲れた時はいいね」

おかずは蓮根のきんぴらとぶりのあらの煮付け。どちらもあっさりとした味付けで、ご飯に合う。

口々に話していると、木下がやってきた。

「なんだか、ひどい客が来てたな」

苦笑交じりに言った。

「ここにも来て、いろいろ言ってたらしいですね」

ご迷惑掛けてすみません、と篠井が謝った。

「あいつ……本に出てくるメニューを作ってるカフェなのに、なんで、あれはないんだ、これはないんだ、っていちゃもんつけてきてさ」

「そうだったんですか」

「いや、たぶん、あれは、自分の本の中のメニューが採用されてなかったから、気にくわなかったんだろ」

「ああ」

「こんな古い本、古い作家ばっかりで、どうしようって言うんだ、誰も読んでないだろ、とか、言ってたよ」

「本当に、失礼なやつ」

「まあ、自分の店……喫茶店の頃の客だったら追い出すんだけどさ」

木下はぽつりと言った。

「まあ、今は違うから我慢したさ」

「本当にどうも、すみません」

篠井が立ち上がって謝った。

「いいって、いいって、篠井さんが謝ることじゃないし」

それよりもさ、と木下が言った。

「今日はずいぶん、疲れたんだろう？　閉館まであと一時間ちょっとだし……おいしい地ビールがあるんだけど、良かったら一杯ずつ、飲んでいかない？」

いたずらっ子のような顔で微笑んだ。

「え」

渡海が驚きつつ、篠井を見る。

「知ってるか？『ままや』のコンセプトは女が一人でおかず……蓮根のきんぴらや肉じゃがで一杯飲んで、仕上げに一口ライスカレーが食べられる、そんな店だったらしい」

「へえ」

「まあ、女が一人で食べ物屋に入る、それも酒を飲むなんてなかなかしにくい時代だったからな。というわけで、それを忠実に再現するためには、アルコール一杯が必要なんだよ」

皆が、篠井を見た。

「いいですよ」

彼は苦笑いしていた。

「僕は飲みませんけど……そんなに飲めないので。でも、今日は大変な一日だったし、たまにはいいでしょう」

「やった」

「ありがとうございます」

木下が奥から、「とっておきの」地ビールを持ってきた。茶色い小瓶でラベルが凝っている。

三つのグラスを持ってきてくれて、それを注いでくれた。

「このカフェのメニューの最後に、地ビール、いろいろ、時価って書いてあるの、気になってたんですよね」

乙葉が言った。

「そりゃ、夜の図書館だよ。カフェにビールくらい置いてなかったら、名折れだよ」

「なるほど」

「これは、日本海側の酒蔵で働く若い女性たちが自分たちも新しいお酒を造ってみたい、って自ら志願して作った地ビールだよ。まだ始めて数年なんだけど、なかなかうまいんだ」

「へえ、女の人が」

「ちょっと酸味がある味で、人参ご飯にぴったりだと思う」

ビールは薄い茶色で少し白濁している。泡はあまり大きくない。

「いただきます」

ぐっと飲み干すと、さっぱりとしているけど、ほろ苦さと酸味がある味が口に広がった。

「これまた、身体に染みる」

渡海が感に堪えぬようにうめいた。

「本当。おいしいですね」

「今日は疲れたんだから、このくらいいいだろう」

木下がうなずく。

「……僕もやっぱり、一杯いただこうかな」

篠井がつぶやいた。

「あれ、篠井さん、飲めないんじゃ」

「そんなに飲めない、と言ったんです。まったく飲めないわけじゃありません」

「そう来なくっちゃ」

木下がグラスとビールを取りに行った。

「今日はめちゃくちゃ疲れたけど」

いち早くビールを飲み干した渡海がつぶやいた。

「あの先生、ちょっとむかついたけど」

「ええ」

「だけど……悪い気はしなかったな」

「わかります」

篠井が大きくうなずいた。

「あの先生が泣いているのを見て、この仕事やってて良かった、と思いました」

「うん」

「こういう時のために、この仕事はあるんだ。こういうことのためにオーナーはここを作ったのかな、と思いました」

古い図書館……作家の蔵書だけを置いた図書館……それはあまりにも型破りで、不思議な場所だけど。

「ここをいつまでも続けられるかわからないけど……それまで頑張ってやっていきましょう」

まだ飲んでいないはずなのに、篠井の目の縁がもう赤かった。

第三話

赤毛のアンのパンとバタときゅうり

樋口乙葉が「夜の図書館」に来てから、一ヶ月ほどが経った。

なんだか、ばたばたしてあっという間に過ぎたような気がする。だけど、仕事をしながら亜子や正子と話したり、食堂で徳田たちとご飯を食べたり、寮のみなみの部屋で映画を観たり……一つ一つの出来事がとても大きくて、自分がすでに長年、ここにいるかのような気もした。

映画は、亜子や正子も一緒に『若草物語』を原作にした『ストーリー・オブ・マイライフ』を配信で観た。皆、当然、『若草物語』も『続 若草物語』も読んでいるから、「ここ、原作と違う！」「こんなセリフ、あったっけ!?」といちいちうるさかった。

「でも、『若草物語』の映像化の中では一番良かったかも」

さんざん文句を言ったわりに、正子は映画が終わるとそう褒めた。

その日は正子がコーヒーを、亜子が手作りのリンゴのケーキを持ってきた。みなみは部屋を提供してくれたので何も用意しなくていい、ということになった。乙葉も気を遣わないで、と言われたけど、ポテトチップスを買っていきたい、と申し出た。映画にはポテチだと思ったのだ。

そういう分担は正子と亜子がテキパキと決めてくれた。たぶん、二人は「女子会」をやり慣れているんだろうな、と乙葉は思った。女子会だけでなく、ママ友会や親戚の集まりも。女子会のベテランだ。そのくらい風格がある役割分担だった。

「一番と言うけど、正子さんが言うのは、あれでしょ。エイミーをエリザベス・テーラーがやったやつ」

亜子が笑った。

「あれとこれしかないか」

「そうよ。でも、確かに『続　若草物語』の部分の意訳はあの作品よりずっとよくできていたわね」

「子供の頃の気持ちを思い出した。初めて『若草物語』を読んだ時の気持ち。ジョーとローリーが結婚しなくて、すごく悲しかったの。あの二人に結婚して欲しかったから」

「わかるー！」

それには、乙葉とみなみも声をそろえた。

「なんで、結婚しないんだろう。私たちは二人が大好きなのに……二人の気持ちがよくわからなかったし、続の方で、ジョーがあの人を選んだ気持ちもよくわからなかった」

「そうね。でも、この映画であたしはちょっと納得できた」

「ええ、納得はできた……だけど、まだ、どこか心が痛むの。心がまた子供に戻ってしまった」

そう言いながら、正子が涙ぐんでいたので、びっくりしてしまった。いつもはどちらかというと何事にも現実的な正子の意外な一面を見た気がした。

「次は、『赤毛のアン』のドラマを観ませんか」

散々しゃべったあと、最後にみなみが提案した。

「『赤毛のアン』の映画は観たことがあるけど、あれとは違うの？」

正子が尋ねた。

「ええと……映画は二〇一五年に作られてますね……」

みなみがスマホを見ながら言う。

「いいえ、もっと前よ。あれ、すごく良かったのよね」

「あ、それ、もしかして一九八五年かな……」

「そうそう、そのくらいの時期だった」

正子たちはみなみが出した画面を見て、うなずきあった。

「これよ、これ。あたしなんか、劇場でアンが現れたとこ……駅のところでマシューを待っている、あの場面を観ただけで、胸がきゅーっと締め付けられて涙がぼろぼろ出てきちゃった。そのあとずっと泣きっぱなしよ。だって、あたしが想像していたアンの世界が目の前にそのまま現れたんですもの。本当によくできた映画だった」

ふっと、図書館に初めて登館した時、壊れたスーツケースを持っていたら、「赤毛のアン？」と篠井に言われたことを、乙葉は思い出した。

その時は一瞬驚いて、ろくな返事ができなかったけど、心の奥底で「この人は腹心の友かもしれない……」と少し安心したのだった。その後この図書館には腹心の友……つまり同じ本を読んで、同じような青春時代を過ごしてきた人がたくさんいる、ということにすぐ気がついた。図書館員にも、お客様の中にも。

「それもきっといいと思うんですけど、新しく作られたドラマもすっごくいいんですよ。絶対、気に入ってもらえます。一度観てみてください」

じゃあ、来月はそれを観ましょう、ということでお開きになった。

友達にも会った。

幼なじみの佐藤愛菜《さとうまな》は東京の大手町に勤める会社員なのだが、わざわざ電車とバスに乗ってやってきてくれた。

「へえ、あんがい、いいところに住んでるじゃん」

彼女は入ってすぐ、部屋を見回しながら言った。

「いいところ、って……いったい、どんなところに住んでると思ったの?!」

乙葉は愛菜に、ポットのコーヒーを注ぎながら尋ねた。コーヒーは正子が淹れて、持ってきてくれたものだ。前日、仕事中に「明日、友達が来るけど、ろくな食器がなくて」とこぼしたら、正子が「じゃあ、私が差し入れるわよ。お礼はいいわよ」とマグカップとともに持ってきてくれた。

「このコーヒー、おいしい」

愛菜がそれをすすりながら褒めてくれたので、正子が用意してくれたことを説明した。

「……ちゃんとしてるんだ、職場」

「だから、どんなところに勤めていると思ってたの」

「だって、乙葉のおばさんがうちのママに『住み込みの夜の仕事だ。いったい、何をやってるのか』って泣いてたって聞いたからさ、てっきり」

「てっきり、じゃないよ」

「しかたないよ、うちらの実家のあたりで、住み込みって言ったらすぐにパチンコ屋を想像しちゃうもん。さらに夜の仕事とか言われたら」

「だから、図書館に勤めるってちゃんと言ったのに」

「たぶん、それ、信じてないと思う」

はあ、と深いため息が出た。

「心配してるんだよ、乙葉のおばさん。安心させてやりなよ」

「安心て。どうやって」

「ここに呼んで、東京見物でもさせたら」

「ここでどう東京見物するのよ！　この山奥で！」

思わず、お互いに顔を見合わせて笑ってしまった。

「まあ、東京見物は無理でも、職場見学させればいいじゃん」

「……まあねえ」

しかし、あんなふうに言われた手前、「遊びに来なよ」とは素直に言いにくい。

「親孝行しなよ。一人娘なんだからさ」

「それは愛菜もそうでしょう」

彼女は地元の大学を出た後、東京の商社に勤めている。乙葉の地元ではエリート組の一人だ。だから、そんなふうに「親孝行しなよ」なんて、古くさいことを堂々と言えるのだ。

「次はうちの家にも来て」

彼女は住み込みなんかじゃなく、ちゃんとしたマンションを自分で借りて住んでいる。

「都会には恐れ多くて、なかなか行けませんわ」

冗談めかして答えたけど、引け目を感じたのは本当だった。

「何言ってるの？　あたしが住んでる錦糸町をなんだと思ってんの。見に来たらわかるって。部屋の広さもほとんど変わんないし」

話しているうちにだんだん気持ちもほぐれて、結局、来月には愛菜の家に行くことを約束してしまった。

その翌日、蔵書整理室で正子と亜子とともに仕事をしていると、篠井が入ってきた。

「すみません。ちょっと、こんなものが……」

彼は手に文庫本を持っていた。

「なんですか」

正子と亜子は机でパソコンに向かって、本のデータを打ち込んでいた。乙葉は新しく来た本を段ボールから出して、二人の脇に積んでいたところだった。

三人で篠井の手元をのぞきこんだ。

「どうしたんですか」

「これ、見てください」

「あ」

彼が文庫本の裏表紙を広げると、思わず、三人からそろって同じ声が出た。

そこには何もなかった。真っ白だった。

「蔵書印は?」

正子が慌てて尋ねた。

「それなんです。ないんです」

「これ、どこで?」

「今、お客様が持ってきてくださったんです。一階のどこかにはあったんだけど、どこから出したのか、いろいろ見ているうちにわからなくなってしまったって。棚に戻そうとした時に蔵書印がないことに気がついた」

「そのお客様は?」

「もう、帰られました。受付によると『これ、一階にあったよ。蔵書印がないよ』と言って、さっと帰られたそうです。榎田さんたちもびっくりしてしまって、それ以上話を聞けなかった、と」

「まあ」

「でも、一階なのは確かだと」

「どういうことでしょう。なんで蔵書印を押してないんでしょう」

乙葉は皆の顔を見回しながら尋ねた。

「……まったくわからない。ただ単に押し忘れたのかもしれないし」

亜子が答えた。

「でも、蔵書は判を押す時、記録する時、本棚に並べる時と、少なくとも三回は別の人間が目を通すわけです」

篠井が首をかしげながら言った。

「普通、忘れることはありえないと思いますが」

「でも、人間のすることだからわからないわ」

亜子が自信なげに言う。

「年に一回はこの図書館の中の蔵書整理があるのに」

「まだ、一年を過ぎてない本なのかも」

正子が自分に言い聞かせるように言う。

「比較的新しいということですか」

篠井が正子に尋ねた。

「ええ」

「あと、これはあまり考えたくないことですが、もしかして、誰かが蔵書を盗っていって、その代わりに差しておいた、ということも……」

「ありえるわね」

正子がうなずいた。

「ここにあるものは、価値のない人にはただの古本だけど、ファンからしたら唯一無二のものだし」

「そうですね」

うなずいてから、乙葉は「あ」と気がついた。

「でも、ここの本は持ち出せないんじゃなかったですか？　本を持って、一歩でも出たら、警報が鳴るって……出入口にも大きく書いてありますし」

すると、篠井と正子、亜子は困ったように顔を見合わせた。

「……あなた、まだ話してなかったの？　乙葉さんに」

「あ、ええ。でも別に隠していたわけじゃなくて、言い忘れていただけです」

「どういうことですか？」

「……実はそれは嘘なの」

「まさか」

「だって、ここの本は蔵書印を押しただけで、そのまま並べられているでしょう？　最近の図書館のように磁気テープを挿入してラミネート加工したりしていない」

「確かに」

「余計なことをしてしまうと、本の風情が失われてしまう……その作家が持っていた時の味わいがなくなってしまう、とオーナーが嫌がってね」

「それに、手間もお金もかかります」

篠井が現実的なことを言った。

「私もおかしいと思ってたんですよね。あれがないのに、どうやって管理しているのかと」

「だから、とりあえず看板を出して、さらに入口で重々、釘を刺しておき、図書館探偵さんに来ていただくことで様子をみましょう、さらに盗難が続いたら、別の方法を考えましょう、ということになって」

「そういうことだったんですね」

仕組みを今まで教えてもらえてなかったことには少しショックを受けたが、まあ納得できた。

「とにかく、なぜ、これがここにあるかを考えるのが先決ですよね」

「でも、盗まれたというのは考えすぎかもしれない。だって、盗んだんだとしたら、ただ持って行ったんじゃなくて、なんで別のものを置いていったのか、わからない」

亜子が本をじっくり見ながら言った。

「それに、普通の人なら、持ち出し不可だと思っているはずで、持ち出しても大丈夫だと知っていた人の可能性も……」

そう言いかけた亜子は途中でやめて首を振った。たぶん、ここにいる人間を疑いたくないのだろう。

「でも代わりがあれば、なくなったことに気がつきにくいですから」

「とはいえ蔵書整理やチェックでわかってしまうでしょ」

「でも、そういうことをしているって知ってるのは、一部の人間ですよ。ここにいる人だけ」

「いずれにしろ、どこから手をつけましょうか」

「まずは、チェックよね。同じものが何冊あるか。そして、どれが抜けているのか」

乙葉は本の表紙を見る。太宰治《だざいおさむ》の『女生徒』だった。

「これ……かなりたくさんあるやつじゃないですか」

「正直、ほとんどの作家さんが一度は読んでいる、と言っても過言ではない」

「では、とにかく、ア行の作家さんから一つずつ探していきましょう。持っている作家さんはイントラネットで検索できますから一つずつ探していけばいい」

篠井が乙葉を見た。

「正子さんと樋口さんがやってもらえますか」

「私一人でもできますよ」

乙葉は言った。

「ええ、でも、二人で確認していただいた方が確かですから、念のため」

「了解です」

「あと、僕は図書館探偵の黒岩さんに連絡して、相談してみます。必要なら来てもらいますね」

「よろしくお願いします」

乙葉は正子とともに二階に上がった。

＊　＊　＊

私は本が読めない。

正子は、乙葉の横で太宰治の『女生徒』を一冊ずつ確認しながら思う。

乙葉はノートパソコンを片手に『女生徒』を所持していた作家を探し、「次は鮎川夏夫《あゆかわなつお》先生です」とか言ってくれるので、正子はその作家の棚から『女生徒』を探すだけだ。ノートパソコンを持ったまま作業するのは大変だろう。何度か、交代を申し出ても、「大丈夫です！」と乙葉は笑顔を見せた。彼女はこういう時、少しでも負担の大きい仕事を進んでやってくれて、とても助かる。本当にいい人が来てくれてありがたい、と思う。

そんなことを感謝している間も、頭の片隅では考えてしまう。

わたしは、ほんが、よめない。

こうして働いている時ばかりではない。

朝起きた時、コーヒーを淹れている時、飲んでいる時、ここに来て若い人たちと話し思わず爆笑した時も。

わたしは、ほんが、よめない。わたしは、ほんが、よめない。もう、よめない。ずっと、よめない。

片時も忘れることができない。

自分がもう本を読めないこと。

ただただ、無心に本を読み、まわりの音が聞こえないほど熱中し、別の世界に連れて行かれ、そして、数時間後、すべてを読み終えた時には、ぽんっと世界から放り出されたようなあの……さみしくも充実したあの時を。

私はもう二度と味わうことができない。

字が読めない、ということではない。字は読める。ちゃんと読んで理解することもできる。ただ、以前のように熱中して身も心もすべてを捧げるようにして本を読むことができないのだ。読んでも最初の数ページだけ。

なんとか、何日もかけてやっと一冊を読むことはできなくはない。だけど、喜びはほとんどない。ただ、徒労感があるだけ。あと、私は頑張れば本を読むことができるのだという安心感だけだ。

読めない、と気がついたのは六十歳になった頃だった。今から十年あまり前だ。

最初は認められなかった、というか、気がつきさえしなかった。

長年、図書館員をしていて、図書館に山ほど本があると言っても、自分で本を買わないわけではない。いや、むしろ、他の人よりたくさん買った。手元に置きたい本はたくさんあったし、新しい本もたくさん読む。気に入った本をくり返し読むのも大好きだった。

だけど、ふと気がつくと、家に読んでいない本が溜まりだした。本屋に行ったり、人から聞いたり、テレビで観たりすると欲しくなって、すぐに買ってしまう。だけど、数ページ読むとなんとなく投げ出してしまって、それは部屋に積み上げられていく。

ただ疲れているのだ、時間がないのだ、忙しいのだ、と思っていた。だけど、数年かけて、やっと認めることができた。

これはもう、何かがおかしい。何か、前とは違うことが起こっている。いつか暇になれば、いつかまとまった時間ができれば読めるというものではないのだ。

私は本が読めないのだ、と。

正子は東京の下町に生まれた。父は普通の勤め人で、母は専業主婦という家だった。兄と妹がおり、兄は国立大学に入って正子と妹は短期大学に行った。正子は成績が良かったので四年制大学にも行けないことはなかったが、当時はそれが普通だった。短大に行かせてもらえただけでもありがたかった。図書館司書の資格を取って、試験を受け就職した。正子がいたのは東京都内の公立図書館だった。きちんと都の職員の図書館員として採用された。けれど、それはやはり「腰掛け」というようなイメージで、正子自身もまわりも、数年……遅くとも三十になるまでには結婚して退職するのだ、という気持ちで勤めていた。

父は堅物で家でも威張っていたけれど、昨今問題になっているような暴力や暴言を吐くような父親ではなかった。晩ご飯の時、父のメニューには一品、酒の肴《さかな》……刺身や焼き物が多かったり、父には誰も口答えはできなかったりするような程度のことだった。無口で子供への気持ちを表すのが苦手な人でも、休みのたびに遊園地や繁華街、温泉なんかには連れて行ってくれた。時代的には、まあ、子煩悩と言われてもいいかもしれない。

ところがその父が正子が就職する頃と前後して、突然、浮気をしたのだった。相手は飲み屋で知り合った人で、なぜ発覚したかというと、父がその女の家に入り浸って帰ってこなくなったからだ。そのこと自体も驚きだったが、さらに衝撃だったのがこのことで六十近い両親が離婚をしたことだった。父が多少、浮気をしても、母は我慢するだろうと勝手に思っていた。だけど、一年ほどで離婚した。父が離婚したいと主張したこともあったし、母もなぜか、あまり強く嫌がらなかった、らしい。らしい、というのは、こういうことも話し合いはほぼ二人だけで行われ、子供たちはあとから「離婚する」とだけ聞いたのだった。

当時、兄は役所に就職して結婚し、夫婦で地方勤務になっていた。自然、正子と妹が母と暮らし、兄はその後も地方を転々としていた。兄夫婦には子供がいることもあり、母との同居は結局、母が七十で亡くなるまで続いた。

正子は母を養い、妹を短大にやって嫁がせ、気がついたら自分の婚期を逃していた。兄に多少は金銭的援助をしてもらったけれど、それ以上は期待できなかった。何より、それを母が嫌がった。母は離婚を恥じ、兄や嫁、嫁の実家に引け目を持っていた。自分が原因の離婚ではなかったはずなのに、離婚そのもので母は己を恥じていた。すぐに離婚に応じたのも、夫に気移りされた自分を恥じたためかもしれなかった。その気持ちがどこかわかるだけに、正子も兄への援助の求めを言い出しにくかった。

母が死んだ後、女と別れた父の介護も、結局、正子がした。あまりに理不尽だと思いながら、自分しかそれをする人はないのだ、という諦めがあった。それでも、勤めをやめずに済んだのは、まだ幸いだったと今は思っている。

死に際、父が「母さんがあの時もっと反対してくれたら」とぽつりと言った。きっと離婚のことだろうと思ったけれど、聞こえないふりをした。なんて、身勝手なことを言うんだろう、と内心あきれた。

正子が働いていたのは、都内の中心的な役割を担う図書館だった。就職当時はまだコンピューターは導入されておらず、紙のカードで本は整理され、分類されていた。

正子が配属され、人生のほとんどを過ごし、最後には主任まで務めたのは「相談係」……つまりリファレンスの係だった。

一番多い時には常時二十名の職員が配属されていて、朝から晩まで、利用者の質問に答えるのが、その仕事だった。窓口と電話というのが当時の主な手段だった。

質問の内容はさまざまで、電話口で突然、詩の一節をつぶやかれて「これの作者は誰？」と聞かれたり、「江戸時代、遊郭《ゆうかく》の避妊事情がわかる本はないか？」だとか、「一九二四年の五月十日は何曜日で天気は？」だとか、「昨年の経済白書はそちらにあるか？」だとか聞かれたりした。

そう、それはまさに現代のグーグルで、今だったら簡単に「ググれよ」と言われるようなことが図書館に大量に持ち込まれていた。それは、多い時には、窓口百件、電話二百件というような数で、一日が終わった時には頭の中がしびれるほど疲れた。

一九八〇年代半ばからはポツポツとコンピューター・システムが入り、デジタルで情報を処理し始めたが、正子が働き盛りの頃はその過渡期で、図書カードとパソコンを両方操って情報の海を泳いだ。

入館当時、先輩には「一人五千冊は覚えられる、ここの人間は一万冊覚えろ」と言われた。利用者に「なんのなにがしの本はどこ?」と聞かれたら、一瞬で「あそこにあります」と答えられるようにしろ、ということだった。

必死で働いたし、必死に覚えたし、必死に本を読んだ。

そして、やっとゆっくり本が読める、じっくり自分のために読める、と思った時……正子は読書を失っていた。

少し前、小説家の田村淳一郎が来て白川忠介の本を見たいと主張した時、白川の小説を読んでいる、と言ったのは嘘ではない。白川は寡作だったし、文芸誌に一年に一回くらい、百枚程度の小説を書くだけだったから、掲載された時はゆっくりと時間をかけて読んだ。それでも、昔のような、心が躍るような喜びはなかった。

人間失格……読書人間失格だ。ふっと、『女生徒』の隣にある本を見て思った。

「正子さん、どうですか? ありましたか?」

乙葉に話しかけられて、正子は我に返った。

「鮎川先生の『女生徒』はあったわ」

正子は『女生徒』の裏表紙の蔵書印を確かめながら言った。

「よかったです。次行きましょう……あの、私、ちょっと思ったんですけど」

乙葉はこわごわという感じで口にする。

「これ、本当にこの『女生徒』だけを調べればいいんでしょうか」

「え、どういうこと？」

「つまり、もしも、誰かの本を盗っていって、その代わりにこれを置いていったというのなら、まあ、ある意味簡単ですけど、じゃなくて、とりあえず、同じくらいの厚さ、同じくらいの同じ作家の本ならわからないだろう、ということで置いていったなら、すべての太宰の文庫本を調べる必要があります」

「……なるほど」

「あと、もっと恐ろしいのは、太宰でさえない、という可能性です。ここにあるものを何か盗っていって、代わりに差していったという……」

「でも、ただ単に、私たちの押し忘れかもしれないし、ただ単にいたずらかもしれない」

「そうですね。それにちょっと思ったのは、まったく悪意なく間違えたということもあるかと」

「ああ」

「たまたま、これを読もうと思って家から鞄に入れて持ってきていて、何か別の本をここで見て、取り違えて持って帰ってしまった……とか」

「それ、私も考えた。だって、盗るならただ持っていって、なんらかの方法でここから持ち出せばいいわけだから」

ここを出る時はバッグの中を調べる。でもバッグを開いて簡単に黒岩か北里が中を見るだけだから、本当に盗るつもりで下着の中に忍ばせたりすれば、絶対に盗られない、という保証はない。

ただ、有名作家の部屋……数年前に寄贈された海藤亮一などの場所では本は厳重に保管され、そこにはバッグやコートの持ち込みはできない。美術館と同じように必ず、一人は誰か図書館員が座っている。あそこから盗るのは少しむずかしい。

「でも、私はここというより、あの有名作家の部屋のところの方があやしいと思うの。ここなら、代わりの本を一冊入れなくても気がつかれない可能性もあるんだからここまで凝《こ》ったことをする必要はない」

「ですねえ」

「とはいえ、一度はちゃんと調べないとね」

「どこまでですか」

「……とにかく、今は『女生徒』よ」

乙葉は素直にうなずき、元の作業に戻った。

そういえば、あの頃だっただろうか。今の人間が一週間に浴びる情報量は、ヴィクトリア王朝時代の人間が一生関わる情報とほぼ同じだ、というような話を聞いたのは。この手の話というのは、いつもころころと変わる。一日の情報量が江戸時代の一年と同じ、または平安時代の一生と同じ、だとか……。

だとしたら、優れた小説を書くのに情報量なんてあまり必要ないと言える。いや、紫式部の情報量が今より少ないなんて、現代人が考えるのは傲慢《ごうまん》だ。きっと彼女たちは中国文学をたくさん読んでいただろうし、御所の中であの人がどうしただとか、この人が前に詠んだ歌はどうだったとか、噂ばかりしていただろう。

情報量のことを教えてくれたのは誰だったっけ？　ああ、そう、あの人だ。一時期、ほぼ毎週のように通ってきてくれた……。

最初は電話だった。戦前の家計調査に関する本について聞かれた。始終、イライラした調子で、正子が「国会図書館にはお聞きになりましたか」と尋ねると、「調べたに決まってるでしょ、なかったから聞いている」と言い返された。正直、こちらもむかっ腹を立てながら、でも、口調は穏やかにうちが所蔵している資料について話していたら、だんだん落ち着かれて、最後には「ありがとう」と言われた。

翌日、直々に受付に来られて、名前を呼ばれお礼を言われた。質問した資料については、自分の担当教授に当たる人から探すように言われて焦っていたからつい、あんなふうに対応してしまったと謝られた。若い、社会学の研究者だった。それから、何度か窓口に来られて、そのたびに対応した。正子が忙しそうにしていると近づかないで、正子の手が空くと嬉しそうに寄ってきた。袖口のすり切れた、だけど、いつもきれいにアイロンのかかった青いシャツを着ていた。清潔そうな人だと思った。

一度だけ、「コーヒーでも飲みませんか」と言われた。いや、「お礼にコーヒーをごちそうします」だったかな。少し考えて、「いえ、結構です。仕事がありますから」と答えた。それから、来なくなってしまった。

今でも時々、思い出す。あの時、コーヒーを飲みに行っていたら、自分の人生は変わっていたんだろうか。

コーヒーの人は一緒に棚のところで本を探している時に、人の情報量について教えてくれたのだった。こんな話がありますけど……と。あなたが一日に触れている情報量はいったい、平安時代の人の何人分なんでしょうか、とか言われたんだっけ。

コーヒーを断ってからふっつり来なくなって、一年後、久しぶりに来てくれた時、嬉しかった。そして……。

「助教授になることになりました。あなたのおかげです」と言われた。嬉しくて、胸がいっぱいになって、「おめでとうございます」としか答えられなかった。

あの時、「よかったら、お祝いにコーヒーでもいかがですか」と言っていたら。

そう何度も考えた。それから何年も、何度も何度も。

それが正子の人生の二回の後悔。二回のコーヒー。飲まなかったコーヒー。それがきっかけでコーヒーが好きになったのかもしれない。

図書館退職間際のことだった。「2ちゃんねる」の図書館に関するスレッドについ書いてしまったのだ。そのスレは図書館員ばかりが集まっていて、比較的穏やかだった。深夜だったし、過疎化した場所でもあった。

自分は本が読めなくなっていること、自分のようなものが図書館の仕事に携わっていいものか迷っていること、そして、今後の人生が不安なことを……。すると、不思議な返事が書き込まれた。

――拝啓、いつもあなたのレスを拝見しております。わたくし、ハンドルネーム、セブンレインボーと申します。このたびの本に関するあなたの一連のレスも読み、感銘を受けました。あなたのような方に手伝っていただきたい仕事があります。よろしければ、ご連絡いただけないでしょうか。

そこに書かれたメールアドレスは使い捨てで、「夜が明けたら消去します」と記してあった。あの時、何事にも慎重だった自分がなぜあのあやしいメールに従って返事をし、さらにスカイプで面接を受け、さらに、顔もわからない彼（か彼女かわからない）の勧める「仕事」についたのか……ただただ、驚くことばかりだ。

だけど、今も自分はここにいる。

「……正子さん、ない本はないみたいですね」

乙葉がつぶやいて、またはっとする。

ない本はない……なんだか、不思議なパラドックスのように聞こえた。

＊　＊　＊

「じゃあ、やっぱり、有名作家のところに行かないと」

　本棚の前にしゃがみ込んでいた正子が言った。

「あそこは厳重だから盗って行くのはなかなかむずかしいと思います。お客様は一階だったと言ってたらしいですし」

「ええ、私もそう思うけど、一応、調べないとね」

　有名作家の部屋……それはこの図書館ができて、海藤亮一の本が最初に入った時、作られたらしい。

　それまで、作家ごとにあいうえお順に並べられていたのを、一階の一角に個室を作り、「海藤亮一」だけを別にした。その後、人気の高い作家さんの本棚が少しずつ増えていって、さらにそれらを二階の広い一室に移し、入口に必ず誰かが座っているようにした。

「ちょっと疑問だったんですけど、有名作家の部屋と一般の書棚との差ってなんなんですか。何を基準に分けているんですか」

「まあ、基本的には賞を取っているか取ってないかくらいだと思うけど、あとは人気と実績よね。だいたい、篠井さんが決めている。たぶん、篠井さんはオーナーと話し合っているんじゃないかしら。でも、それで特に困ったことはないし、お客様からも苦情みたいなのはないから、そのあたりの判断は今のところ当たっているんじゃない」

正子がオーナーという単語をさらりと出したので、乙葉はそれに乗じて尋ねた。

「でも、篠井さんはオーナーとは会ったことないって」

「会ったことはないかもしれないけど、電話やメールで話しているんじゃない？」

「ああ、そうですね」

そして、少し遠慮がちに尋ねた。

「……正子さんは会ったことあるんですか？　オーナー」

「ないっ」

彼女の答えは少し速すぎるような気がした。これがミステリー小説なら、嘘の可能性が高いのだが……果たして正子の場合はどうなのか。

「正子さんでも会ったことはないんですか」

「入館した時はメールが来て、スカイプで話しただけ」

「私と同じです。私はＺｏｏｍでしたけど。正子さん、スカイプ使えるんですか」

「もちろん。私は前の図書館で、インターネットに関わったのよ。普通の人より、パソコンに触ったのはわりに早いほうよ」

「すごっ」

「ふふふ。若い人って、年寄りはパソコンは使えないものだと決めつけてる」

「すみませんでした！」

階段の途中で頭を下げてしまった。

「冗談、冗談」

二階に上がって、食堂や応接室とは反対側の部屋に入った。

有名作家の部屋の入口のところに徳田が座っていた。

「あ、正子さん、樋口さん」

「太宰の本を調べに来たんだけど……」

「聞いてます。だから、自分も一応、調べてみたんですけど……」

徳田は部屋の中を見回した。

「今のところ、なくなっている太宰の本はないです」

「そう……私たちにも、もう一度確認させてもらえる?」

徳田が一瞬、不満そうな顔をした気がした。唇を引き締めて、何かを言い返そうと。だけど、相手が正子だからか、何も言わなかった。

「こういうことは複数で確認した方が確実だからね。徳田さんを信用していないということじゃないのよ。ごめんなさいね」

正子はにこにこしながら、徳田に謝った。

「もちろん、わかってます」

「じゃあ、調べるわね」

乙葉と正子は太宰の本を持っている作家を端から調べていったが、どの本もそろっていた。

「本当にないわね」

「でしょう?」

徳田は得意げに言った。

客がいなかったからか、徳田はずっと二人の後ろについてきていた。正直、かなり彼の「圧」を感じたし、ちょっとウザいなと思ってしまった。

「さすが、徳田さん」

でも、正子は振り返って、すぐにそう褒めたので、徳田も不意をつかれたのか、思わず笑顔になった。

正子さんてすごいなあ、ちょっと気難しい徳田さんの扱いも心得てる……乙葉は感心してしまった。

「さあ、どうしようか」

有名作家の部屋から出たあと、正子がつぶやいた。

「とりあえず、なくなった『女生徒』はなかった、ということで篠井さんには報告しておくね」

「はい」

結局、篠井と正子が話し合って、その『女生徒』は忘れ物として、しばらく、受付の後ろの棚の『お忘れ物箱』に入ることになった。

『女生徒』を探したあと、乙葉は食堂に行った。

「今日の夜食は何ですか？」

乙葉は席に座りながら尋ねた。他の人とは時間がずれてしまったので、カウンターに一人で座った。

「今夜は『赤毛のアン』ナイト」

「あ、いいですね。でも、『赤毛のアン』の中に食べ物の話って、意外とあるような、ないような？」

乙葉は首をひねった。

「アンがバニラ・エッセンスと間違えて痛みどめの薬を入れてしまったのは、ゼリーをはさんだレヤー・ケーキだし、ダイアナが学校に持って行ったのはきいちごのパイでしたよね？スイーツのイメージはたくさんあるけど」

木下はすぐに奥に引っ込んで、平らな一皿を持ってやって来た。白い皿を乙葉の前に置く。

「サンドイッチ！」

そこにあるのは、一見、ごく普通に見えるサンドイッチだった。きちんとパンの耳を落としたもので、とても品が良い。

「そうだよ。赤毛のアン・シリーズに出てくる食事も作って欲しいって言われてさ、俺は『赤毛のアン』と『アンの青春』と『アンの愛情』なんかを読まされたんだよ。それから、オーナーから『赤毛のアン』の料理に関する本がどっさり送られてきた」

「へえ」

「『赤毛のアンのお料理ノート』『赤毛のアンのクックブック』『「赤毛のアン」の生活事典』『赤毛のアンの世界へ』……原作以外に六、七冊読んだんじゃないだろうか」

「うわあ」

「大変だったよ。それでも、これっていう料理はなかった、というのが本当だ。焼き鶏《やどり》や塩漬けの豚肉を野菜と煮込んだ料理とか、レタスのサラダとか……シンプルな料理ばかりだった。原作にはほとんど作り方なんて書いてないしな」

「で、どうしたんです?」

「『アンの青春』の中に変な話があるんだよ。知ってる? アンの家に有名な作家が訪ねてくることになって、皆でごちそうを作って待っているんだけど、結局現れなくて……」

「ありましたね! ごちそうはぐちゃぐちゃになっちゃうし、人から借りたお皿は割れちゃうし」

「そうそう。それで同じ皿を持っている人の家に行って譲ってもらおうとすると、その人は外出していて……」

「さらに大変なことになるんですよね」

「ああ。だけど、家主が帰って来て、お茶を淹れてくれて、『パンとバタときうりしかないんですが』って言われて……でも、そのパンとバターときゅうりは、アンもダイアナもお腹を空かしていたからとてもおいしかった、って。実際、本当においしそうなんだよな。俺、あんまり、『赤毛のアン』に詳しいわけじゃないし、小説ってものがわかるわけじゃないが、あのシーンがあの小説で唯一と言っていいほど、素直においしさを表した場面……特に食事についての喜びを表した場面じゃないかと思う」

「なるほど。確かにそうかもしれません」

「いろいろ考えたんだよ。もしかしたら、あのきゅうり、本当はピクルスのようなものじゃないかとも思った。だけど、他の訳を読んだりしても、あそこはパンとバタと、キューカンバーとしか書いてないようだ。生のきゅうりをがりがりかじったとも思えないんだが……というわけで、自分なりに考えたのが、これ。パンとバターときゅうりのサンドイッチ。それから、さすがにそれじゃ、寂しいんで、ローストチキンを使ったサンドイッチも作ってみた。きっと、彼女たちも食べただろうからね。さあ、どうぞ」

「ありがとうございます。いただきます」

柔らかくて白いパンに緑色のものがはさんであった。一口食べると、確かに、きゅうりの味と、バターの味が口の中に飛び込んできて、シンプルながら味わい深い。

「木下さん、これ、本当においしい。パンとバターときゅうりだけとは思えないくらいおいしい」

「ありがとう。きゅうりは薄切りにしたものを塩もみしただけではさんだだよ」

次にローストチキンのサンドイッチを頬張る。

「これもおいしいなあ。チキンがしっとりしてる」

「チキンは鶏胸肉をシンプルに塩と胡椒でローストして、フレンチドレッシングで軽く和えてはさんだ」

「どれも素朴なお味ですね。でも、素材の旨みが感じられる」

「たぶん、あの時代はそういうものだったと思うよ。あと、きっと質素な牧師の妻だったモンゴメリは今の小説家みたいに、ながながと食べ物の味を書き込むようなことは好きじゃなかったのかもしれない」

「なるほど」

サンドイッチの皿には小皿がのっていて、そこにはグリーンピースが添えられていた。口に入れると柔らかく茹でられたグリーンピースで、バターの風味がする。

「それはグリーンピースのバターソテー。仕上げに砂糖を一さじ入れてみた。ほら、モーガン夫人をグリーン・ゲーブルズに呼んだ時、アンたちが砂糖を入れすぎて、台無しになったの覚えている？」

「木下さん、ほんと、よく読んでますね。私より、じっくり読んでる」

「いや、食べ物が出てくるところだけ。メニューを作らなきゃならないから、必死で読んだ」

いつものように、食後にコーヒーを淹れてくれて、それにはまた小皿にのったものが添えられていた。茶色で少し大きめのサイコロの形だ。

「木下さん、これ……？」

「チョコレートキャラメル」

「え。これが？　アンのチョコレートキャラメルですか!?　彼女がずっと食べたいと思っていた？」

「そう」

「いや。子供の頃、いったい、どういう味なんだろう？　ってずっと思ってたんですよ。森永のチョコボールのキャラメル味を食べた時に、これがチョコレートキャラメルかなあ？でも、日本にあるものとは違うだろうなあ、って」

乙葉はそのチョコレート色の四角いものをつまんで口に入れた。

口に入れたそれはほろほろと崩れつつ、後味にねっとりとしたキャラメルとチョコレートの風味が残った。少し前に流行った生キャラメルのチョコレート味に近いが、ミルクの匂いがとてもよかった。

「おいしいっ！」

乙葉は思わず、木下の方に向き直った。

「木下さん、これ、売りましょうよ！　ここで！　『赤毛のアンのチョコレートキャラメル』って名前で！　いや、ネットで売ってもいいな。絶対、売れますよ！」

「やだねえ。それ、どれだけ手間がかかると思う？　俺、今日は普段より一時間前に来て、ずっと鍋をかき回していたんだから」

木下は手首をぐるぐる回しながら言った。

「え。そんなに手間のかかるものなんですねえ」

「そう。結構大変なんだよ」

「でも、また、時々、作ってくださいね」

「そんなに気に入ったかい」

「はい」

するると、木下はもう三つ、皿に入れて出してくれた。

「あ、ありがとうございます。これ、二つ残して、正子さんと亜子さんにもあげていいですか。きっと二人も喜ぶと思う」

すると、木下はさらに二つ、足してくれた。


蔵書整理室に戻って、正子と亜子に、二つずつ、チョコレートキャラメルを渡した。木下の話を伝えながら。

「甘くておいしいわね」

「本当」

二人とも嬉しそうに、それを頬張り、亜子は温かい緑茶をわざわざ淹れ直してくれた。

「実はあたしも作ったことがあるの、チョコレートキャラメル。二回」

亜子が言った。

「え？　そうなの？」

「最初はずいぶん昔よ。もしかしたら、木下さんのこれと同じレシピかもしれないわ。あたしも『赤毛のアンのお料理ノート』っていう本を見ながら作ったから。確か、四十年以上前の本よ」

「え、そんな前に？」

「まずはタフィを作るの。大変だったわ。材料もいろいろそろえなくちゃならなくて……コンデンスミルク、バター、砂糖、水飴なんかをね」

「木下さんも大変だったたって言ってました」

「それを量って、鍋で煮てね、一時間くらい煮詰めていくの。茶色くなるまで。ほら、『赤毛のアン』の中にもアンとダイアナが作って、焦がしたっていう記述があるじゃない？　あれよ」

「はい」

「台所中がコンデンスミルクと水飴でべたべたになってねえ。だけど、できあがったのはとんでもなく、おいしかった。そのタフィに溶かしたチョコレートを加えたのがチョコレートキャラメルなの」

「そういう作り方だったんですね」

「二回目はここに来る少し前。生キャラメルってちょっと流行ったじゃない？　覚えてる？」

「あ、ありましたよね。北海道の牧場が作ったやつ」

「そう。あの時ふと気がついたの。この生キャラメルって、あのタフィじゃないかしら、って。それでね、また、家で作ってみたの。同じ本を使って同じレシピで……」

「大変でしたね」

「それがそうでもなかったのよ。昔は水飴や練乳なんかの粘りの強いものをいちいち秤《はかり》で量って、鍋に移して……ってやってたけど、今はデジタルのいい秤があるじゃない？　あれの上に鍋を直接置いて、どんどん材料を足していくだけで正確に量れちゃう。鍋もテフロン加工のいいものがあったし。びっくりしたわ。台所をそう汚すこともなく、あっという間にできあがった」

「でも、木下さんは大変と言ってましたが」

「それはもちろんかき回すのは大変なんだけど、昔と比べると、たいしたことない、っていう意味」

「そうですよねえ」

「だけどね……なんだか、昔と違ったのよね」

「違った？」

「……あんなにおいしかったから、ものすごく楽しみにして、丁寧に作って、バットに流し込んで、ゆっくり冷やして……温めた包丁で一つ一つ切って、やっとできあがって、口の中に放り込んだら」

「放り込んだら？」

「……あまりおいしくなかった」

「え」

「そこそこおいしかったけど、昔ほどおいしくなかった。あんなに天にも昇るようなおいしさじゃなかった。皆で大騒ぎして、取り合いになるくらいおいしかったのにね」

最後の方は小さな声でつぶやくように言った。

「……それはあれね、時代が違ったからじゃない」

正子が言った。

「今はおいしいものがたくさんあるから」

そんなことだろうか。乙葉は首をひねりたくなった。

亜子はもっと大切なことを今、言ったような気がしたけど。

でも、口を開こうとすると、正子と目が合って、彼女は小さく首を振った。それで口をつぐんでしまった。

「ええ。たぶんそうだわね」

亜子は微笑んだ。

「ねえ、今度、作ってよ。チョコレートキャラメル。タフィでもいいわ。みなみさんの部屋で『赤毛のアン』のドラマを観る時にね……あ、もちろん、その気があって亜子さんが大変じゃなければ、だけど」

そうね、と小さく亜子は笑った。

なんとなく、乙葉はもう、亜子の作るキャラメルは食べられないような気がした。

持ち主がわからないままの『女生徒』はそのまま、お忘れ物箱の中に置かれた。皆、なんとなく、そこに座って客が来ない時などに回し読みした。

「この本、いいよねえ」

特にみなみが気に入って、よく読んでいた。

「たぶん、高校生くらいの時に、一度読んだはずなんだけど、その時は特になんとも思わず、忘れちゃってた」

「そうだったんですか」

「うん。たぶん、あの時はまだわかってなくて、わびしい女の話ばっかりだなあ、いやだなあ、なんて思ってたんだけど、今読むと染みるよね」

うん、うん、とうなずいた。

「こういう気持ちってわかるなあ、って思う話がいっぱいある。昔はちょっと恥ずかしかったんだよね。これ読むと、自分の恥ずかしいところをむき出しにされるような気がして。だけど、今は、妙に染みるよ」

「みなみさんが太宰の作品で好きなのってなんだったんですか」

「『お伽草紙《とぎぞうし》』とかかな」

「あー、なるほど、わかります。みなみさん陽キャだから」

「そんなことないよ！」

みなみの否定の声が強くて、乙葉はびっくりしてしまった。

「あ、なんか、すみません」

「ごめんごめん、そんなこと言われたことなかったから、驚いちゃってさ」

彼女はすぐに謝ったけど、乙葉にはしばらく違和感が残った。

不思議な依頼が「夜の図書館」に舞い込んだのは、それからまた、数週間後くらいのことだった。

――話し合いたいことができましたので、明日、会議を開きたいと思います。四時から一階会議室にお集まりください。

そんなメールが篠井から図書館員全員に届いた。

乙葉が四時に会議室に入っていくと、丸く並べられた会議用の机と椅子に、篠井、渡海がいた。一番入口に近い端の席に荷物を置いていると、徳田、正子、亜子、みなみが続いて入ってきた。特に席が決まっているわけではないが、年齢と入った順番で、なんとなく奥から座っていった。

一階の会議室は簡素な作りで、椅子とテーブルが並んでいるだけだった。時々、客が多い時に少し大きめの応接室として使うこともある。今は、白川忠介の本が部屋の片隅に段ボールに入ったまま並べられていた。あれから二ヶ月弱、倉庫に戻す機会がなく、そのままになっていた。

「こういうの、あまりしないんですが、今日はちょっと皆さんの意見を聞きたくて」

皆が座るのを待って、篠井が話し始めた。

「会議と言いましたが、ざっくばらんに意見を聞かせてください」

「何？　篠井さんがそんなことを言うと、逆にちょっと緊張するよ」

渡海が笑いながら言って、皆もそれに同調するようにうなずいた。

「それはすみません」

謝ってはいたけど、篠井の表情はあまり変わらなかった。

「でも、本当に、あまりかしこまらずに、皆さんの話を聞きたかったんです。僕一人では判断しかねることがあって」

いつも落ち着いて物事を処理している篠井が「判断しかねる」ようなことってなんだろう……？　乙葉はさらに不安な気持ちになった。

「で、なんなんですか」

徳田がちょっとイライラしたように言った。

「すみません。では事実関係から話しますね。実は当館に、高城瑞樹《たかしろみずき》さんの生前の蔵書を寄贈したい、というお話がありました」

「え」

「あの高城瑞樹!?」

「まじ？　高城瑞樹が？」

皆がさまざまな声を上げた。でも、どちらかというと、反応が激しいのは若い図書館員の方で、正子と亜子は「あら、そう」というような静かなものだった。

乙葉も何か言いたかった。だけど、声が喉に詰まったようで、なかなか出ない。

「こりゃ、すごいことになりそうですね。海藤亮一以来の大物と言ってもいいんじゃないですか」

渡海が興奮した口調になった。

「俺自身、純粋にあの人の蔵書を見たいと思いますからね」

「あら、海藤以来なんてさすがに大げさよ。高城さんはまだお若かったし、ノーベル文学賞候補者と同じにするのは……」

「いや、人気という面ではあれ以上かもしれませんよ。若い人たちには熱狂的に読まれていたし。人気だけじゃなくて実力もある。芥川賞と直木賞の両方にノミネートされて、さらに海外の賞も取っているでしょう。俺はそれこそ将来、高城さんが次の日本のノーベル文学賞作家になると思っていたくらいで……作風も、ＳＦやミステリー、ホラーから、純文学もなんでも上手で」

「ええ」

皆が盛り上がっている間も、乙葉は声が出なかった。そのうち、涙が盛り上がって、そして、ほろりと頬に落ちた。その時やっと声が出た。

「ちょっと待ってください……」

その声で皆、初めて乙葉の方を見た。そして、涙を流しているのに気がつき、驚いたように眺めた。

「泣いてるの……乙葉さん？　どうしたの？」

亜子が尋ねた。

「もしかして、そんなに好きだったの？　高城瑞樹が……」

乙葉はまだうまく声にできなくて、ばたばたと手を振った。

「……違うんです、違うんです。私はただ……」

あふれる涙を指で拭《ぬぐ》った。

「つまり、高城瑞樹さんは亡くなった、ということですか」

「……知らなかったの？　三ヶ月くらい前に、ニュースになったじゃない」

みなみが言って、隣からハンカチを渡してくれた。乙葉はそれを素直に受け取って目に当てた。

「わかってます。それはもちろん、知ってます。だけど、私、信じられなくて。というか、本当とは思えなくて」

乙葉は洟《はな》を盛大にすすった。すると今度は反対側の亜子から、ティッシュが差し入れられた。人前も気にせず、洟をかむ。

「きっとそれはあの人の……私たち、たかぽんって呼んでたんで、たかぽんでいいですか。たかぽん流の冗談じゃないかって思ってたんです。もしくは次の作品のための転生？　きっと何か、深いわけがあるって思ってた」

「作品のために自分の死亡説を流すってこと？　高城瑞樹先生でもそれはないんじゃないか

しら？　大手の新聞でも訃報《ふほう》が出たし」

正子がまっとうな意見を言った。

高城瑞樹は覆面作家だった。

年齢も性別も非公開、写真は一枚もなく、もちろん、人前に出たことはない。授賞式にもパーティにも出てこない。小説以外はエッセイやインタビュー、ＳＮＳ等、一切なし。一つの会社からしか出版しておらず、担当編集者もずっと同じ人間が付いている、と聞いていた。

作風から、たぶん、三十代の男性だろうという意見が大半だったが、女性目線の作品も結構あり、著名な中年女性作家が「高城は女性だと思う、でなければ書けない部分がいくつかある」と強く主張してニュースになったりした。

「だって、たかぽんのお葬式出たとか、そういう人に実際会ったという人もいないし、死因も明らかにされてないし、担当編集者の名前さえ誰も知りません。普通の人ならともかく、私は書店員だったわけです。それなのに、一つも噂が届いてないっておかしくないですか」

皆が少しあきれてこちらを見ているのはわかった。乙葉は、感情をもう少し抑えないと、と思いながら、言葉があとからあとから湧き出てきて、止まらなかった。

「たかぽんは覆面作家で、自分の情報は一切出してなかったけど、ファンに対しては優しい人でした。作品を読めばわかります。こんなふうに逝ってしまう人とは違うと思う……」

そして、やっと最後に言った。

「本当に死んだなんて……まだ信じられない」

「なんか、すみません」

篠井が軽く頭を下げた。

「いえ。私こそ、取り乱して」

「樋口さんがそんなにファンだったとは知らなかったなあ……」

渡海が少し苦笑交じりに、でも、優しい声で言った。

「そんなにファンじゃありません。ただ、たかぽんのデビュー日には、愛読者で生誕祭やる程度です！」

「……わかりました」

篠井が重々しく言って、その口調に、思わず他の人たちも笑った。乙葉も泣き笑いしてしまった。

「乙葉さんのおかげで、高城瑞樹の人気が私にもよくわかったわ」

正子が言った。

「本当にすごい作家だったのね」

「ええ、あたしたちにはそこまでわかってなかった」

亜子もうなずいた。

「……そして、ご相談したいというのは他でもないんです。高城瑞樹の蔵書が来るのはもちろんありがたいことなんですが、亡くなってからわずか数ヶ月で、公開していいものかどうか」

「実際には、受け取って整理して……なんだかんだ、亡くなってから最低でも半年くらいにはなると思うけどね。今、混んでるし」

正子さんが言った。

「ええ、もちろんです。でも、それでも早くないですか。いや、先ほどの樋口さんの様子を見ていたらおわかりになる通り、あの方はすごい人気作家でした。そして、いろいろな謎を残したまま、亡くなられた。公開すれば、かなりの人がここに来てくれるでしょう……でも、逆に大変な騒ぎになるかも。もちろん、盗難もあり得ますし」

「なるほどね。そういうことを心配しているわけだ」

渡海がうなずいた。

「それは、ある程度防げるだろう。部屋を用意して、出入りを厳しくし、入室する時には私物は一切持ち込まないようにする、とか。もちろん、誰かがずっと監視しているようにする」

「ええ。盗難についてはある程度、防げます。だけど、それ以上に迷っているのは、本当に蔵書を公開していいのか、という問題です。蔵書というのは究極の個人情報です」

「あ」

乙葉は思わず、声が出た。

「いろいろわかってしまう……？」

「はい。男女の性別とか、年齢など、本来、高城先生が公開していなかった情報が漏れる可能性があります。もちろん、当たり前のことですが、どんな本を好まれていたかも。今まで秘密のベールにつつまれていたことが」

「だけど、遺族が公開してもいいと言っているんでしょう？　それとも高城先生の遺志なのか」

渡海が尋ねた。

「話ができたお身内の方は妹さんなんです。実はそれもなかなか微妙でして……」

「微妙？」

篠井にしてはめずらしい言葉だ、と乙葉は思った。文字通り、「微妙」のようにあいまいな言葉を使うのは。

「連絡を受けたのは僕なのですが、電話で話しただけではかなり興奮された様子で……とにかく、本を処分して欲しい、と。めざわりだから、と」

「めざわり！」

乙葉は篠井の言葉をくり返しただけだったが、そこには「めざわりと言うなんて、失礼な。たかぽんの妹といえど許せない」という言葉が言外に含まれていたし、それは皆にも伝わった様子だった。

「いえ……実は、まずは高城先生とお付き合いのあった出版社から連絡があったんです。高城先生が急に亡くなって、遺族が家の中のものを処分したがっている。このままだと今日明日のうちにも業者を呼んですべて売っぱらってしまいそうだと。どうしたらいいのか、その人も今すぐには判断がつかないが、高城先生ほどの作家の蔵書が散逸《さんいつ》してしまうのは惜しい気がする、とにかく、一度、こちらで引き取っていただけないか、と」

「そういうことだったんですか」

「出版社の方も少し混乱している様子です。蔵書が散逸するのは嫌だけど本を置いておく場所もないし、今までにそのような例もないのでどうしたらいいのかわからない、と」

乙葉は高城瑞樹の版元が、比較的小さな出版社で、だからこそ、ずっと同じ編集者が付き、完全に秘密が守られるというようなことができたのだ、ということを思い出した。

「で、僕自身が妹さんともお話ししました。まあ、こういうことはめずらしいパターンですが、高城先生の家に取りに来て欲しいと言われました。僕たちが本を箱詰めして持って行ってくれるならあげてもいい、と。それから……」

篠井は少し迷いながら付け加えた。

「……こんなことを言ってはなんですが……なんというか……その妹さんは……ちょっと……エキセントリックな方で」

彼が電話を一本しただけでここまで言うとは、かなりのものなのだろう、と乙葉は思った。

「本当に、やると言ったら数日のうちにも処分してしまいそうな気がしました」

「で、篠井さんは何を迷っているんですか?」

これまで黙っていた徳田が尋ねた。

「迷っているというか、皆さんの意見を聞きたくて。うちにとっても影響が大き過ぎるかもしれません。実際、どこから聞きつけたのか、いくつかのマスコミから、『公開されたらすぐにでも取材させて欲しい』というような連絡がありました。中には、公開前に見せてくれ、というフリーライターの方からも。皆、蔵書から先生の性別や年齢、趣味なんかがわからないか、興味を持っているようです」

「その妹さんに直接聞けばいいのに。取材は入ってないのでしょうか」

徳田が首をひねりながら尋ねた。

「出版社が止めているようです」

篠井はちょっと困ったように笑った。

「妹さんには、高城瑞樹は謎のままの方がいい、その方がこれからも本が売れるから、と説得して、マスコミに触れさせないようにしているそうです。一応、それで納得はしていると。だけど、もう、家や資産は処分したいと言って、それは止めようもない。ものを処分して家を売りたいそうです」

「なかなか、ヤバそうですね」

渡海は笑った。

「古書店に勤めていると、そういう蔵書処分の場にも時々顔を出すので、なんとなくわかります」

「ああ、渡海さんは元古本屋さんだったからね」

正子が気がついて、つぶやいた。

「はい。結構、ありますよ。遺族がその価値を知らずに、すべてを適当に売っぱらうとか。

本に限らず、コレクションものは皆そうですが」

渡海は篠井に向き直った。

「三ヶ月と言ったら、普通ならまだ、やっと四十九日が済んで、お墓をどうしようか、遺産は？　という状況だと思います。例えば、亡くなった人に借金などあれば、相続放棄できるのがそのくらいの時期ですし、遺産や遺品について考えるのはまだこれから、という時ですよね」

「ええ」

「高城先生の相続人は他にいないのですか。妹さん以外に」

「と、聞いております」

「その辺、一応、ちゃんと調べておかないと、あとあと面倒なことになる可能性もありますよね。別の遺族が出てきて本を返してくれ、などと言われると大変です。すでに蔵書印を捺《なつ》印《いん》後だったりしたら」

「あ。先生がいないなら、蔵書印のデザインもその妹さんと話し合わないといけないわね」

亜子が蔵書整理係らしいことに気がつく。

「なんだろう……めちゃくちゃ、面倒な気がしてきた！」

みなみは両手でこめかみのあたりを押さえるように、軽く頭を抱えた。

「でも、引き取りましょうよ！　それだけは、絶対やった方がいいと思います！」

乙葉はたまらず、声を上げた。何があろうと、それだけは死守したかった。先生が亡くなったことはショックだが、本当だとしたら、関わるのは自分たちが一番いいと思った。

「この図書館に来て、まだ二月ほどですが、ここには蔵書を扱うノウハウがあるし、何より、皆、作家と本を愛していますから！　私、ファンとしても、皆さんに扱って欲しいです。皆さんは信頼できますから！」

正子や亜子を始め、そこにいた乙葉以外の全員がお互いに目を合わせて、微笑んだ。場の雰囲気がふっと和んだ気がした。

「それはお褒めいただき、ありがとう」

正子が言った。

「ええ、もちろん、あたしもそれは異存がない。面倒だけど、高城先生の本はうちの価値になりそう」

みなみも先ほどの仕草ほどは反対ではない口調で言った。

「で、オーナーはなんと言ってるの？」

正子が尋ねた。今度は、小さいけれど確実な緊張感が皆に走った。

「オーナーは基本的に賛成だけど、いろいろ手間のかかることでもあるし、皆さんの意見も聞きたい、ということでした。だから、こういう形をとったわけです。終わってから皆さんの意見を僕から報告します」

篠井は少し改まって、ぐるりと周囲を見回してから言った。

「では、とりあえず、本を引き取る、というところは皆さん、賛成ということでいいですか」

皆、首を縦に振った。その振り方はさまざまで、大きくうなずいた乙葉のような人もいれば、ごくごくわずかで機嫌が悪そうにさえ見える徳田のような振り方もあった。

「前の白川先生のように問題が起きるかもしれないし、こちらで家に直接行って引き取るというのはあまりない経験です。そして、まだその量もわからないので、なんとも言えないのです……でも、妹さんはとにかく『たくさん』だと言ってました」

「それだけじゃわからないわね。本を読む人の『たくさん』と読まない人の『たくさん』はまるで違うから」

亜子の言葉に、こちらは皆、大きくうなずいた。

「公開をどうするか、いつ、どのような形でするのか、というのはまた話し合いましょう。たぶん、出版社の方とも相談することになりそうですし」

「本はいつ取りに行くの？」

「とにかく、早い方がいいと思います。あの感じだと、下手すると急に気が変わることもあるかもしれません。できたら今日か、少なくとも明日、明後日中に。あとで妹さんに電話しますが、今日はすでに夕方ですから、たぶん、明日の昼間ということになると思います」

篠井は渡海の方を見た。

「渡海さんにはぜひ一緒に行っていただきたいのです。こういうことに一番慣れているのは渡海さんだと思います」

渡海は「もちろん、かまわないよ」と言った。

「私にも行かせてください！」

乙葉はここぞとばかりに声を張り上げた。たかぽんが亡くなったのが本当なら悲しい。だけど、それが本当なら、ここで行かなかったら必ず後悔すると思った。

「そうですか……」

篠井は口を濁した。

「できたら、男性の方がいいかな、と思ってたんです。力仕事になりますから。本がどれくらいあるかわかりませんしね」

それは嘘だと思った。現に白川の本を取りに行く時、篠井は自分に行かせたじゃないか。

渡海が静かな声で言った。

「……つらい仕事ですよ。遺品というものには、我々が思っている以上に生前の持ち主が宿っています。ファン……それも、そこまで大泣きするほどのファンなら、取り乱してしまう可能性もあります。今回の場合、遺族の方がどういうスタンスなのかわかりませんし、あまり刺激したくない」

「しませんから！　絶対、取り乱したりしませんから。それに、女が一人入っていた方がよくないですか?!　今、たかぽんの家がどうなっているかわかりませんが、その妹さん一人なら、男ばっかりでずかずか入っていくのってもしかしたら怖がられるかもしれませんし！　あと、女性じゃないと入れない場所もあるかも」

乙葉は必死に言葉をつないだ。

「なるほど。一理ありますね」

篠井はうなずいた。

「じゃあ、絶対、泣かないって約束してください。泣いたら、すぐに部屋を出て行ってもらって、ドアから車まで段ボールを運ぶ係になってもらいますからね」

「わかりました」

「それから、やっぱり、徳田さんも行ってもらえますか。男性の方が荷物を運べますから」

篠井が徳田の方を見た。

「……いいですよ」

徳田は無表情でうなずいた。

「あと、できたら、図書館探偵の黒岩さんに一緒に行ってもらおうかと思って。あの方、そういう法律的なことにも詳しいから。何かあった時用に車の中で待っててもらおうかと」

「天気が良かったら、一台は軽トラにしませんか。本の量がわからないので。俺、古本屋時代の友達に借りられないか、聞いてみます」

「お願いします」

会議のあと、篠井が高城瑞樹の妹に連絡し、翌日の昼間に取りに行くことになった。

昼過ぎに図書館の前に行くと、昨日決めたメンバー……篠井、渡海、徳田、黒岩が待っていた。そして、前にも使ったハイエースと、古い軽トラが駐まっていた。

「じゃあ、行きますか」

篠井が言うと、渡海が乙葉の方を見た。

「今日は樋口さん、軽トラの方に乗りませんか。軽トラ、乗るの、結構楽しいですよ。それに先生の家に行く前に話したいこともありますし」

「わかりました」

話したいことってなんだろう、と思いながら乙葉は渡海の隣に乗り込んだ。

「今日はよろしくお願いします」

「はい。こちらこそー」

昨夜は、乙葉に少し厳しいことを言った渡海だったけど、今日は打って変わって穏やかで、軽い調子だった。

「あの、話したいことってなんですか」

車が走り出して国道に入ったところで、乙葉は尋ねた。

「あ、昨日はごめんね。ちょっと厳しいことを言っちゃって」

渡海はこちらを見て、にっと笑った。

「大丈夫です。私も、取り乱してしまって……恥ずかしいです」

「いや、しょうがないよ。そんなにファンの作家なら……」

「もちろん、死んだって、ちゃんとわかってるし、その時ちゃんと悲しんだから大丈夫なんですよ。ただ、昨日は急に名前が出たから、不意打ちみたいで」

「そうだよね」

「死因も何も発表されてないですしね……自分で思っていた以上に、気持ちの整理がついていなかったのかもしれない」

「ああ」

二人の間に、ほんの少し沈黙が流れた。若い人の急な死……それも作家となると、どうしても考えてしまう。自分でそれを選んだのではないかと。

「いや、まあ、話したかったのは、今日、これからあちらの家に行ってからの注意点ね」

渡海は明るい調子で話を変えた。

「あ。ありがとうございます」

「もちろん、他の人にもさっき言ったんだけどね、樋口さんには特に言っておきたくてね」

「ファンだったから？」

「ええ、それもあるしね。妹さんという人はたぶん、樋口さんと同じくらいの年代の可能性があるでしょ。特に女性のそのくらいの年齢というのは意識し合うものだしね」

「あ、確かにそういうことはありますね」

「本当にわからんのよ。あちらがどう出てくるか。同じ世代だから気楽に話せていいかもしれないし、逆になるかもしれないし」

「はい。私、どうしたらいいでしょう」

「とにかく、フラットにね。あちらがどういう態度でも淡々と仕事して欲しい」

「わかりました」

「それから、こういうのって、他の人の家に仕事で行く時の注意点なんだけど、視線に気をつけてね」

「視線……ですか」

「そう。視線。きょろきょろ部屋の中を見回したり、じろじろ見たりしないように」

「そんなことしませんよ！」

思わず、笑ってしまう。

「樋口さんがそんな人だと思ってないけど、意外に家の人って、そういうの敏感に察するんだよ。妹さんはたぶん、同居してなかったようだけど、部屋の中が今どんな状態かわからないからね。何度も言って悪いけど、樋口さんは同年代の女性だから特に気をつけて。部屋の中をとにかく見回さない。慣れないうちは伏し目がちに行動して」

「伏し目がち、ですね」

「そう」

乙葉はため息をついてしまった。

「ごめんね。そんなに緊張させるつもりじゃなかったんだけど」

「はい」

「……しかし、これから行く家っていうのは、どんなところなんだろう……住所からすると、神奈川県川崎市……」

軽トラにはナビがついていなかった。渡海は前の、篠井が運転する車のあとを追いつつ、メモされた住所を見た。

「武蔵小杉のあたりでしょうか。タワマンかな」

「住所からするとその可能性もありそう。ただ、駅から離れると、あのあたり結構、古い家やマンションもまだあるよ」

「たかぽんがタワマンに住んでいるのも、古い家に住んでいるのも、どちらも普通にありそうな気がします」

「そうなんだ。俺はデビュー作くらいしか読んでないんだよね」

そう話しているうちに、篠井の車とともに、乙葉たちは武蔵小杉のタワーマンション群に近づいていった。

「こりゃ、やっぱりタワマンだね」

篠井の車が一棟のタワーマンションの地下駐車場に吸い込まれていくのを見て、渡海は言った。マンションだが、一階にカフェやレストランなどの店舗が入っていて、一般人も使える駐車場があるらしい。

やはり、黒岩はとりあえず車の中で待機することになった。

「高城先生はなかなか稼いでいたんだなあ」

マンション棟の入口で、コンシェルジュに案内されてエレベーターに乗ったとたん、渡海が笑いながら軽口を叩いた。最上階の部屋だった。

「こういうところは上の方が高いって本当でしょうか」

徳田が神経質そうに目をしばたたかせながら言った。彼も少し緊張しているらしい。

エレベーターから降りると、すぐ前が高城瑞樹の部屋だった。同じエレベーターは同じ階の二つの部屋しか使えない作りになっていた。

「じゃあ、行きますね」

篠井がそう言って、呼び鈴を鳴らした。すぐに「はい」という女性の声が聞こえた。これがあの妹だろうか。

重そうなドアが開いて、若い女性が顔を出した。ジャージを着ていて、すっぴん、ぼんやりとした表情だった。

「……昨日、お電話した篠井です」

下から連絡が入っているはずだが、篠井はもう一度、そう挨拶した。

「あ。入って」

彼女はそれだけ言って、奥に入っていった。篠井が慌てて閉まりそうになったドアを押さえた。挨拶がそっけないのは、彼女が無愛想で無礼だからか、それともこういう形で人と会うのに慣れていないからだろうか、と乙葉は考えた。

中に入ってすぐに、渡海からいろいろ注意を受けていてよかった、と思った。彼女がぼんやりしている理由もわかった。

彼女は片手に、見てすぐわかるようなアルコール飲料の缶を持っていた。

第四話

田辺聖子の
鰯のたいたんと
おからのたいたん

覆面作家、高城瑞樹の部屋はまず長い廊下があって、そこを抜けると広いリビングとなっていた。そして、部屋の一面がガラス張りで明るい日の光がさんさんと入ってきていた。

高城の妹は大きなアルコール飲料の缶を片手に、目をしばしばさせながらこちらを見ていた。たぶん、自分たちが来る直前まで、どこか別の、暗い部屋で飲んでいたのだろう、と乙葉は思った。

せっかくの最上階なのに……これほど、「宝の持ち腐れ」という言葉が似合うこともない。

「では、お部屋の本を箱詰めしてよろしいですか」

篠井が尋ねると、彼女は黙ってうなずいた。

本棚の場所は聞くまでもなかった。そのリビングの片面が天井までびっしりと本で覆われていたからだ。素敵な空間だった。こんな場所に住むことができるなんてうらやましい。日の光がさんさんと降り込む中での読書も、深夜、夜景を眺めながらの読書もどちらも良さそうだった。

「他にも本棚はありますか」

「……あるよ。仕事場にも寝室にも……トイレの中も本が並んでる」

篠井が驚いた顔をすると、彼女はちょっと笑った。

「だから、たくさん、って言ったじゃん」

「わかりました。段ボール箱はできるだけ持ってきているので、大丈夫だと思いますが、少し
お時間をください」

「お好きに、どうぞ」

そして、彼女はリビングのソファに座った。ソファは低くて大きく、やはり低いテーブルをぐるりと囲うように置いてあった。とても過ごしやすそうな場所だった。しかし、彼女は座ったと思ったらごろりと横になった。

「終わったら言って」

視線に気をつけろ、部屋を見回すな、と渡海に教えられたのは最初だけ役に立ったが、今となってはあまり意味はないかもしれない、と乙葉は思った。高城の妹は目をつぶっている。

「……私、トイレの本を詰めますね」

篠井たちに小声で言うと、うなずいてくれた。

とりあえず、小さめの段ボール箱を持ってトイレを探す。たぶん、玄関から入って最初のドアじゃないか、と思ったらやっぱりそうだった。

乙葉がトイレを志願したのは、そこに置いてある本なんて、きっとファンである自分にしか扱えないだろうと思ったのだ。それからもう一つ……。

「わ」

声を抑えたけど、それはやはり漏れてしまった。

高城家のトイレは三畳くらいの広さがあった。そして、やはりそこにも天井までびっしりと薄い本棚が備え付けられていて、主に漫画本と文庫本が入っていた。

それなりに広さがあるので、思ったほど不潔には思えなかった。この本はトイレの中で読む用に置いてあるのか、それとも、本で部屋が侵蝕されすぎて、しかたなく、ここにも作ったのか。まあ、たぶん、両方だろう。

トイレの上方には、普通の民家のトイレと同じような扉のついた棚もあった。トイレットペーパーなどを入れておく場所だ。

乙葉は気になりながらもそこには手を触れずにいた。

漫画本はほとんどが有名な作品ばかりで『ONE PIECE』『ジョジョの奇妙な冒険』『鬼滅の刃』『ガラスの仮面』『ちびまる子ちゃん』などが全巻そろっていた。そのラインナップからは性別や年齢を判断できるものはなかった。

持ってきた小さい段ボール箱はすぐにいっぱいになってしまったので、さらに取りに行った。

リビングでは篠井と渡海が棚から本を下ろしていた。

「……ねえ、その本、どうするの?」

ソファに寝転んだまま、妹が二人に尋ねていた。

「図書館に持って帰って、整理し、公開します」

「それは知ってるわよ。持って帰って最初はどうするの?」

「まず、蔵書印を押して、どのような本があるのか記録します」

「ふーん」

何か意図があって尋ねたわけではないようだった。

トイレに戻ってまた本を詰める。

そして、もう少しで終わりそうになった時、乙葉はどうしてもたまらず、上の棚を開けてしまった。

そこには予備のトイレットペーパーとティッシュペーパーのボックスが数個置いてあるだけだった。

ふっと肩の力が抜けた。高城瑞樹はやはり男性かもしれない、と思った。

また、本を入れ始めたとたん、トイレのドアが開いた。

「うわっ」

ぎょっとして見ると、そこには高城の妹が立っていた。

「……驚きすぎじゃない？」

「すみません！　使いますか？」

「ううん……何してるのかな、って見に来ただけ。向こうを見てるのは飽きちゃったから」

「じゃ、続けていいですか」

「どうぞ」

乙葉が本を箱に詰めている間、妹は壁に寄りかかって後ろに立っていた。

「……女だから?」

「へ?」

急に話しかけられてまた驚いた。

「女だから、トイレの仕事に立候補したの?」

「いえ、そういうわけじゃないですけど」

「トイレとか掃除するのは女って、どこか、強迫観念? 無意識のあれがあるんじゃないの?」

「いえ……」

ここを担当したのはファンだからだ、そして、それ以上に好奇心があったからだ……しかし、それは言えなかったし、そして、聞かれれば聞かれるほど、自分でもわからなくなってきた。もしかしたら、そういう気持ちもあったのかも……。

「そういえばさ、無差別テロの犯人が捕まった時、彼らにトイレ掃除をさせて、それがひどい屈辱《くつじょく》で虐待《ぎゃくたい》行為だって一部の人たちが騒いでたよね」

「え」

「知らない?」

「知りませんでした」

「あちらの国の人は、男にはトイレ掃除なんてさせないんだって。宗教上でもね。それは奴隷か女の仕事なんだって。だから、それをテロの犯人といえども捕虜にさせるなんて虐待だってさ」

「そうなんですか」

「ひどい話だよ。あたしらはテロ犯人以下の仕事をさせられてるっていうことかよ」

吐き出すように言うと、彼女はぷいっとそのまま行ってしまった。

妙な胸騒ぎがした。

自分は何か大切なことを忘れているような……気がした。


トイレの中の本をすべて詰めたあと、リビングに戻った。

そこにはまだ篠井と渡海がいて、壁面の本を箱に詰めていた。

「手伝いますか」

せっせと働いている二人に声をかけた。

「いや、他の部屋の箱詰め、頼める？　徳田さんが仕事部屋の箱詰めしているけど、たぶんそこだけじゃなくて……」

篠井が答えながら、乙葉の後ろを見つめているのに気づき、振り返ると、妹がいた。

「他の部屋にもあるよ」

彼女はしぶしぶというふうにうなずいた。

「他の部屋、一つ一つチェックしながら本を集めてくれる？　すみません、いいですか、あの……高城さん」

高城はペンネームだということはわかっていても、他に呼びようがない。

案の定、妹は片方の眉をぎゅっと引き上げた。

「あたしは高城じゃないよ」

「すみません、なんてお呼びしていいか、わからなくて」

「……もね、でいいよ」

乙葉は心の中に「たかしろもね」と自然に刻みつけた。

「もねさんですか。漢字は」

「それ今、必要ある？　どうせ本名じゃないし」

「すみません」

「……じゃあ、部屋を回ってもいいですね？　入って欲しくない場所とかありますか」

篠井が謝り続けているのが見てられなくて、思わず、割って入った。

「いいよ。便所まで見られたんだ。もう、どうでもいいさ」

乙葉は小さめの段ボール箱を組み立てて、それを片手に持ちながら部屋を回ることにした。

まずはトイレ……もねの言葉を借りると「便所」の隣の戸を開ける。奥が曇りガラス張りのバスルームで、手前が洗面台、その向かいに大型洗濯乾燥機と棚があった。

さすがにこんな場所に本はないだろうとドアを閉めかけると、もねの声がした。

「ここだよ」

彼女が洗面台の下の棚を開けると、予備の歯ブラシや歯磨き粉、シャンプーなどの備蓄の脇に本がぎっしり詰まっていた。よく見ると、須賀敦子《すがあつこ》の全集だった。文庫でなくて、箱入りの単行本だ。全九冊が縦横にぎっしり詰まっていた。

「なるほど、須賀敦子か」

声がこぼれ出た。

「知ってるの？」

「須賀敦子さんですか？」

彼女はうなずいた。

「はい。大好きなので」

「ふーん」

あまり興味なさそうにうなずいた。

「なんで？」

「これ、本当に持って行っちゃっていいんですか」

「いや……いい本だから」

「何言ってんの？　持って行ってもらうために、来てもらったのに」

「そうですね」

そこに手をかけようとすると、彼女はさらに言った。

「あと、ここ」

それは洗濯機の上の棚で、扉がついている。彼女が開くと、フェイスタオルとバスタオルが二枚ずつ置いてある横に、また本が並んでいた。

　こちらは田辺聖子《たなべせいこ》全集だった。十冊ほどがまた、縦横にぎっしり詰め込まれている。

「これ、他にもまだありますかね」

「なんで？」

「田辺聖子さんの全集がこれだけとは思えません」

「さあねえ、他の部屋にあるんじゃないの？」

「そうですか」

　全集を詰め込むと、小さな段ボール箱はすぐにほぼいっぱいになり、ずっしりと重くなった。

　――いや、これはなかなか大変な仕事になるぞ。

　乙葉は改めて思った。詰めるだけじゃない。これを下に運ぶのだって……いったい、どれだけ時間がかかるのだろう。

　先のことはあまり考えないようにしようと思いながら、バスルームの廊下をはさんで向かいの部屋を開ける。そこは仕事部屋で、まさに徳田が悪戦苦闘している場所だった。

「徳田さん、大丈夫ですか？」

「うん」

　彼は本棚に向かっていて、こちらを見ようともしなかった。

「何かあったら言ってくださいね」

「あ」

やっとこちらを向いた。

「もし、リビングに行くことあったら、もういくつか、段ボール箱、届けて」

「了解です」

仕事部屋の隣は八畳ほどの寝室と、作り付けのクローゼットになっていた。

ダブルベッドには白いシーツと濃い茶色の掛け布団がかかっている。それが部屋のかなりの部分を塞いでいて、他にはほとんど何もない。

ダブルベッドということ以外は、あまり特徴のない部屋だ。アロマキャンドルもないし、花の絵もない。たぶん、電気を消して、厚いカーテンを引き、ドアを閉めれば真っ暗になるだろう。だけど、それだけにリラックスできそうだった。高城は執筆の合間に、ここで身体を休めたのだろうか。

――ダブルベッドか……いや、ダブルの方が眠りやすいし、一人でもそちらを選ぶ人もいる。

「クローゼットの中に本があるよ」

また、後ろから妹、もねに声をかけられてドキリとする。

じゃあ、と手をかけようとすると、「ちょっと待って」と言われた。

彼女は乙葉の前に立ちはだかり、手首を使って手を振った。あっちに行け、というふうに。

乙葉は一メートルくらい下がった。

「こっちは見ていいわ。あんたがやって」

手前のクローゼットを大きく開いた。ハンガーパイプが備え付けられているだけの簡素な作りだった。ただ服が吊してあるのは半分だけで、ほとんどが白いシャツに黒いパンツだ。もう半分の部分に、パイプの下くらいまでの高さでクローゼットと同じ奥行きの本棚がきっちり入っていた。測ったようにできていたから、もしかしたら、オーダーかもしれない。

「すごいですね。こんなところにまで」

声がもれた。

「何が」

「ものを徹底的に少なくして、代わりに本を入れている」

「どうだろ。もともとものの少ない人だったから。本以外は。そんな無理に苦労してやっていたんじゃないと思う」

初めて、彼女の口から出た、高城瑞樹の姿だった。思わず振り返る。彼女も同じことに気づいたみたいで、目をそらした。

乙葉はそれ以上何も言わず段ボール箱に本を詰めた。高城のことは聞きたかったが、これ以上よけいなことを言って、彼女の気が変わるのも怖かった。

ここの本棚は奥行きがある分、写真集や画集などが多かった。写真集はさまざまな人の姿や風景が撮られたもので、画集も同じようなものが多かった。いわゆる女性の写真集は二冊だけ。薬師丸ひろ子と原田知世のもので、どちらも十代の頃のものだった。高城のことがまたわからなくなる。

乙葉がそれを詰めている間、もねは隣のクローゼットを開けていた。ちらりと見ると、背の高さくらいまでの引き出しが入っていて、その上が棚になっているクローゼットだった。棚にはもちろん本が並んでいたが、引き出しの方にも本がないか、一つずつ調べてくれているのだった。

ありがとうございます、と言おうとして、口を閉じた。

引き出しにはたぶん、下着が入っている。それを見たら、高城の何かがさらにわかってしまうから、もねは自分で調べているのだろう。

いろいろあっても、彼女なりに気を遣っているのかもしれない。

＊　＊　＊

こうして、人の家で本を整理していると、昔のことを思い出す。

俺はもう十年以上、古本屋だし、今もまだ古本屋だと思う。正直、自分が図書館員だと思ったことは一度もない。

最初に仕事をしたのは、今まで同業者やここの誰にも言ったことはないが、いわゆるチェーン系の古本屋……新古書店と呼ばれるような店だった。

高校時代に、地元のロードサイドにある大型店でアルバイトを始めた。本だけじゃなくて、

ＣＤや映像ソフト、ゲームソフトなんかも扱っている店だ。きっとどこの町にもあるだろう。

ああいうところじゃ、本の買い取りの知識や技術なんていらない。本はただ、その新しさやきれいさ、人気で判断される。あまりに売れすぎて、数が多すぎるのもダメだけど。古い本は汚れた上の部分……業界では「天」と呼ばれる部分を削ってクリーニングして売るくらい。稀少本とか、専門書に対する知識は皆無（新潮文庫や岩波文庫の「天」を削っていたなんて、今では震える）。神田の古書店街で稀少本として高く取引されるようなものも、ただの「ボロい本」として扱われ、買い取りを拒否したり、時には廃棄したりする。うすうす「これは価値があるんじゃないか？」と疑っていたとしても。

「まあ、ノイズ、だよね」

当時、三十代半ばだった店長は言った。

俺が「こういうの、高く売れるんじゃないですか」と今は大人気の小説家の、デビュー作の初版本にサインが入っているのを見せた時のことだ。

「ああ、いいや。捨てちゃって」

「いいんですか」

店長が捨てて、と言ったのは、本のカバーがなくなっていたからだ。そして、言ったのだ、まあノイズだよね、と。

「え？」

「こういう本さ。古いけど価値があるってやつ。ノイズじゃなかったら、バグって言うかさ」

意味だろう。

古い本が、コンピューターのプログラミングを狂わせるバグと同じだというのはどういう

「バグ、ですか」

「こういうのあると、調子が狂うわけよ。判断に迷うっていうかさ。本はただ、古さと状態で判断したいわけ、俺は。それを阻害するものは……」

彼は首を振った。何かよい言葉が思い浮かばなかったようだった。

本当は「好きじゃない」とか「許さない」とか言いたかったのかもしれない。だけど、あまりにも強い言葉すぎて、口にしなかったのだろう。

店長は結婚して、子供が二人いた。駅からは遠いけど、ロードサイドには近い、このあたりでは一等地とされる場所に、結婚と同時に新築の3LDKの家を買っていて、新車のミニバンに乗っていた。どちらもローンだ。時々、店に子供を連れて遊びに来る、若くてきれいな奥さんはブランドもののバッグを持っていたけど、それもローンに違いない。自分の故郷の人たちは結婚と同時に新築を建てる。土地は東京に比べればただのようなものでも大きな家は二千万や三千万くらいはする。でも、それをしないと一人前だと思われない。当然、離婚して、中古で売り出される家も多い。そういうのは安いのに、皆、見向きもせずに新築を建てる。数年前、風習や土地柄が珍しがられて、全国放送のバラエティ番組で紹介されたことさえあるくらいだ。でも何が珍しいのか、地元の人たちはよくわからなかったようだ。

稀少本をゴミ箱に捨てる店長を、都会の文化人たちは野蛮人だと笑うかもしれない。それ

は違う。その気持ちを語る言葉や意識をあの人はちゃんと持っていたし、高校生だった自分に説明してくれた。あそこには、いや、東京にだって、自分の言葉を持っていない人はたくさんいるんだから。

それに、バグやノイズが自分の調子を狂わせるというのは、店長の中にきっとどこか、価値がありそうな本を捨てることへの罪悪感があったのだろう。

「好きじゃない。ああいうの」

店長はまだぶつぶつ言っていた。

「なんで、本はこうも複雑なのか。わかんね、俺。古い方が価値が出る冷蔵庫とか、あるか？　いや、あってもいいよ、だけど、うちの店はそういうのやらないから」

「わかりました」

「作家のサインなんてね、汚れみたいなもんなんだから」

でも、俺は店長が嫌いじゃなかった。ちゃんと時間通り来て、挨拶さえすれば、髪型や服装にうるさくなかったし、傷物ならどんな本も自分のチェックなしで持って帰っていいと言ってくれていた。

俺がその店を選んだのは、まさにそのためだった。買い取りできません、と断った本を「こちらで処分しましょうか」と言うと、客はほぼ百パーセント、置いて帰る。表紙や中身が汚れていたり、カバーがなかったりする本や漫画本、あまりにも売れすぎて在庫があふれている本などは自由に持って帰っていいのだ、と高校の先輩から教えてもらった。

俺は本や漫画を読むのが好きだった。だけど、たくさん買ってもらえるほど裕福ではなかったし、学校の図書館に行くのも面倒くさい。

廃棄処分の本は段ボール箱や紙袋にあふれるほど入って、店のバックヤードの片隅に置かれていた。俺はその中から仕事をしながらめぼしいものをチェックしたり、帰りにじっくり選んだりして持って帰った。俺は若くて、本の状態なんて気にしなかった。ただ、読めればそれでよかった。

そして、密かに店長がノイズと呼ぶ本……作家のサイン本や初版本、古そうな文庫本も持ち帰った。たいした意味はない。子供がきれいな石ころや木の実を集めるのと一緒の気持ちだ。もしかしたら価値があるかも、と思えるようなものを捨てられなかった。

高校二年の夏、数人の友達と三泊四日で東京に遊びに行こうということになった。北陸新幹線で二時間半ほどの旅だった。洋服が好きな友達が原宿に行きたいと言い、ちょっとオタク趣味な友達が秋葉原に行きたいと言った。そして、共通認識で渋谷に行くことを決めた。最後の日の午前中だけ、自由行動をしようということも決めた。

ふとその時、自分が集めてきた本を東京の古本屋で売ったらどうだろう、と思いついた。他の友達は皆、なんらかの趣味があり、各自行きたいところがあるらしい。だけど、正直自分は一人でどうしても行きたいような場所はなかった。だったら、神田に行ってみよう、と。

四日間、一緒に持ち歩いた重い十冊の本を抱えて、俺は神保町の駅で降りた。どこの店に入ったらいいのかわからず、とりあえず、大通りで目に付いた、一番大きな店に入った。入口のあたりにはさまざまな全集や専門書が積み上がっている店だ。自分は若くて怖いもの知らずだった。逆に今だったら、絶対に入れなかったに違いない。

店の奥に座っていた、高齢の店主は俺が持ってきた本を一通り見ると、「百円」と言った。

「え」

思わず、声が出てしまった。

「百円なら買う」

「全部で?」

彼はうなずいた。

「どうするの、置いてくの、持ってくの?」

「あ、置いてきます」

安くてもなんでも、これ以上、本を持ってこの東京を歩く気にはならなかった。初めて、店で価値がないと言われた本を置いていく客の気持ちがわかった。

あーあ、やっぱり安いのか。店長の言った通りだな。

店主は後ろを向いて、自分の背中のところにあった引き出しから金を出し、俺の手のひらに百円玉をぽんと載せた。

「ありがとうございます」

がっかりして、そのまま下を向きながら店を出ようとして、ふっと気がついた。この店で高値で売られている本を見てやろうと思った。こういう店がどんな本を売っているのかを……。

「お兄ちゃん、お兄ちゃん」

本を見ていると、今、百円をくれた店主が俺のことを呼んだ。

「なんですか」

「お兄ちゃん、ちょっと」

「はい」

もう一度、レジに近づいた。

「お兄ちゃん、何。こういうこと、やりたいの？」

「こういうこと？」

「こういうふうに、本を売ること」

「いや、そういうわけではないんですが」

自分は問わず語りに、この本の出所や故郷の店のことを話した。

「ふーん、まあ、そんなことだと思ったよ」

「はあ、すみません」

「お兄ちゃんが持ってきた本ね」

店主は俺が持ってきた本の文庫の一冊を指さした。それはまだレジの横に置いてあり、彼が指さしたのはカバーのない本だった。

「これが百円、あとはゼロ」

「そうなんですか」

「この作家のサインはね」と、彼は大人気作家のサイン入りデビュー作を指さした。自分では一番高く売れるかと思っていた本だ。

「たくさんありすぎるからダメ。本自体もたくさん売れた本だからね。でも、この文庫は絶版で、好事家《こうずか》には人気がある作者なんだ。カバーが付いてればもっと出したよ。でも、カバーなしで百円は悪くない」

「そうですか」

「あんた、筋は悪くないよ」

「本当ですか！」

「地方の新古書店のゴミ箱から拾ってきた本が、痩せても枯れても、神田の一興堂《いっきょうどう》で一冊売れたんだ。まぐれ当たりとしても結構なもんだ」

「ありがとうございます」

思わず、丁寧にお辞儀していた。

「それに今の若い者にしては、口の利き方も知ってるようだしね」

店主はもう一度、後ろを見て、引き出しから千円札を二枚出して俺の手のひらにまたぽんと載せた。

「これやるから」

「え」

「これはあんたに払う、未来の駄賃。また、なんかこれという本があったら、持ってきてよ。

いい物だったら買うし」

「いえ、そんな。いただくわけにはいきません」

慌てて差し出したけど、店主は受け取らずに、にやっと笑った。

「いいって、また東京に来た時、うちの店に一番に売りに来てよ。それだけでいいから。これでうまいもんでも食って帰りなよ。この角のカレー屋は有名だから」

「……わかりました。ありがとうございます」

俺はもう一度、店の中を見て回ってから帰った。どんな本が置いてあるのか、どんな本が高く売れるのか、ざっと見ただけではあまりわからなかった。その様子を店主はやっぱり、にやにや笑いながら見ていた。

それから俺は長い休み……冬休みや春休み、夏休みのたびに東京に来て、本を売りに行った。ほとんどは店の廃棄処分になったものだ。最初はほとんど売れなかった。時には一冊も買い取ってくれないことも。一興堂以外の店も見て回った。少しずつ、売れる本が増え、廃棄処分の本だけじゃなく、店に並んでいるものでも、神田の方が高く売れそうだと思ったら買い取るようになった。これはさらに自分のスキルを磨いたと思う。ただのものを売るのと、自分の金を出したものを買い取ってもらうのはまったく違う。自分の金を、「この本は高く売れる」という自分の知識に賭けるのだ。そして、これを始めてから、古本に対する興味はさらに高まった。これは「セドリ」と呼ばれる行為だということは一興堂の店主に教えてもらった。俺はこの「博打」に夢中になった。そして、東京への進学を決めた。もっと古本のことを勉強したかった。一応、親には地元の高校教師になるために、国文科に入りたいと言って進学した。しかし、本当はもう少し上の偏差値の学校に入れるはずだったのに、神田にある大学を選んだ。古本にはまったし、セドリにはまった。そして、そういう地元とは違う価値観や有象無象が自由を謳歌《おうか》している東京や神田に夢中になっていたのかもしれない。

「渡海はこのままセドリ屋になるのか」

大学生として、最初に一興堂に行った時、店主から聞かれた。

「さあ。どうでしょう。これからは地元の古本屋から仕入れるわけには行かないし……でも、東京の郊外店などを回ってみるつもりではいた。ネット上での売買も盛んになってきた頃だし、いくらでもやりようはあると。

「イッキョウさんはどう思いますか」

度重なるごとに、お互いの名前を呼び合う仲になっていた。イッキョウというのは店の名前から付けられた、この町での彼のあだ名だった。

「セドリもいいけどさ……一度、ちゃんとした古本屋に勤めて勉強した方がいいぞ」

「そうですか」

「うちの店で働かないか。バイトで」

願ってもない申し出だったし、ほんの少し期待していたことでもあった。

イッキョウさんには息子がいて、彼が店を継ぐことは決まっていたけど、その人でさえ、俺の親くらいの歳だった。孫ほどの年齢で、一人、店に本を持ち込んだ自分をかわいく思ってくれているのはわかっていた。

お前にはうちのにはない、根性がある、とつぶやいているのを聞いたこともある。

そして、俺は古本屋になった。四年間アルバイトして、卒業後はやっぱり、イッキョウさんが紹介してくれた他の店に社員として勤め、二十代半ばに自分の店を持った。秋葉原寄りの神田にある、ごくごく小さい店だ。主に、漫画やラノベを中心とした、初版本を扱っている。実店舗に置いてあるものは少なめにして、主にネット上での販売で利益を上げている。神田では少しめずらしい品揃えと、秋葉原から来てくれる客のおかげでなんとか食っていけた。業界の中で、この独立は若くて早いほうだと思う。

この「夜の図書館」に来た理由は、図書館で働く他の人たちとは違う。自分は、自分からオーナーに近づいた。

作家の蔵書を引き取って図書館にする、奇妙な人がいるという噂は、世の中で「夜の図書館」がニュースになるより先に聞いていた。

古本屋からしたら死活問題になりかねない事態だった。亡くなった作家の蔵書というのは宝の山だ。持っている稀少本はもちろんのこと、サイン本などが含まれている可能性も高い。有名作家なら、その人への「○○様へ」というため書きがあって、二重の価値が生まれる。

とはいえ、自分のような小さな店に、有名作家や遺族が蔵書を預けてくれるというようなコネもないし、作家の蔵書が散逸するよりいいかもしれないとは思っていた。神田界隈の古本屋の店主たちも一部を除いて、同様の意見だった。

ただ、業界で有名なラノベ作家の「トリコロールみつみ」が急逝《きゅうせい》し、その蔵書が「夜の図書館」に寄贈されたと聞いた時は心がざわめいた。

トリコロールみつみは俺の店に、まだ売れていない頃から出入りした作家だった。同人作家だった時は「三海《みうみ》」という本名で領収書を切っていたが、ある時から「(株)トリコロール」で切るようになった。

何年も付き合い、本を取り置くために連絡先を聞くようになった頃、やっと尋ねた。「もしかして、トリコロールみつみ先生ですか」と。彼女はしばらく迷ってから小さくうなずいた。余計なことを聞いてしまったかと後悔した。次に彼女が来てくれた時にはどれだけ嬉しかったことか。

そういう繊細な関係を積み上げた果てに「自分が死んだら、渡海さんに本を処分してもらいたいなあ。他の誰にも価値なんかわからないだろうし」と言われるまでになった。

それなのに、彼女はあっさり亡くなり、それはこの図書館に入った。

文句はない。

彼女の蔵書は、うちに預けてもらえば一年くらい遊んで暮らせたかもしれない(これは比喩だ。実際にはそれを分類し、値段をつけて売るのはそこそこ大変だから遊べはしない)けれど、それだけで小さな「ラノベの歴史図書館」ができるほどのコレクションだったし、「夜の図書館」にあった方がいいかもしれないと思おうとした。

だけど、ここにあると、逆に人の目にほとんど触れずに本が死んでいくような気もする。

比較的歴史が新しいラノベ本は、本当に欲しい人、読みたい人の手に渡った方が幸せな気もした。

とにかく、トリコロールみつみの死後、俺は「夜の図書館」のオーナーを必死に捜した。神田の古書店街の店主たちに尋ね回って、やっと、ある作家の妻が、亡夫の蔵書を預けたことから連絡先を知っているという話を聞きつけた。

そこから連絡を取り、俺はオーナーとスカイプで面談するところまでこぎ着けた。そして、理由を話し、自分を売り込んだ。

――トリコロールみつみ先生の蔵書整理を手伝わせて欲しい……。もしも、必要がない本があったら、譲って欲しい。

オーナーの返事は、こちらの条件を呑むなら、という限定的なものだった。

「最低、三年はうちの図書館で働くこと」

俺はそれを呑んだ。今、店の方は当時、アルバイトとして店を手伝ってくれていた人に一時的にやってもらっている。結局、みつみの蔵書は一冊も手に入らなかった。

ここの誰にも話したことはないが、その期限は半年後に迫っていた。

そのあと、どうしよう、ということは時々、考える。

ただ、ここに来る前に思っていたよりも、仕事は快適だ。

本を扱う仕事としてよく挙げられるのは、書店員、司書、古書店員の三つだが、利益相反もあり、あまり繋がりはない。時には反目しあうことさえも……しかし、こうして小さな図書館で一緒に働いていると、そんな垣根はどんどんなくなっていく。

俺たちはそれぞれ役割が違うだけなんだ、と俺は思う。

＊　＊　＊

皆、ぐったりと疲れて帰途についた。

高城のタワーマンションから車に乗る前、篠井が渡海、徳田、乙葉に向かって「今日はもうお休みされていいですよ、他でなんとか回しますから」と言った。

「でも、篠井さんは出勤するんでしょ？」

渡海がにこにこ笑いながら言った。

「僕は、まあ、オーナーへの報告もありますし」

「じゃあ、俺らも休むわけにはいかないよ」

「僕は休ませてもらいます、ちょっと腰に違和感があるんです」

徳田が言った。

「それはよくないね。腰は早めに治した方がいい」

渡海が徳田にうなずいた。

「私は……ちょっと休んで、様子を見てから出勤します。もしかしたら、お休みするかも……だとしたら、篠井さんに連絡入れます」

乙葉もかなり疲れを感じた。

「じゃあ、俺も様子を見て、これからよく眠れたら出勤します」

渡海は言った。

「では、そういうことで。車は図書館の前に駐めておいてください。荷物の運び出しは他の方たちとやっておきますから」

「……いや、そちらのハイエースはともかく、軽トラの段ボールだけは下ろした方がよくないですか。この方の本は取り扱いに注意した方がいいような気がします。私も手伝いますので」

ここまで黙っていた黒岩がつぶやいた。

「なるほど」

「黒岩さんも、高城瑞樹、好きなんですか!?」

乙葉は思わず尋ねた。

「いえ。正直、昨日、篠井さんから初めて名前を聞きました。でも、それからネットを探って、なんとなくこの人を巡るファンや業界の雰囲気はわかった気がします」

「さすがですね」

「じゃあ、軽トラの荷物だけは下ろして、図書館の入口までだけ運びましょう。お手数お掛けしますが、よろしくお願いします」

篠井が言って、皆、行きと同じように車に乗り込んだ。

「……どうでした？　初めて故人の家に行った経験は」

軽トラの助手席に黙って座っていた乙葉に、渡海が尋ねた。

「……なんと言っていいのか」

そこからしばらく声が出なかった。時間は夕刻に差し掛かり、まぶしいくらい夕日が車の中にも差し込んでいた。

「疲れたでしょ。寝てもいいからね」

それ以上何も言わない乙葉に、渡海は篠井と同じような声をかけてくれた。

「いえ。大丈夫です」

「そう？」

「すみません。なんか、いろいろ考えちゃって」

「そりゃ、大ファンの作家が亡くなって、その家に行ったら、誰だってそうなるよ」

渡海の声は自分自身に言い聞かせているようだ、と思った。

「いえ……私が思ったのは……」

乙葉はため息をついてから言った。

「逆です」

「逆？」

「なんか、私、思ったんです。高城瑞樹、死んだ感じがしないなって」

「おうちに行っても、死んだ実感がわかないってこと？」

「まあ、それもありますが。そういうことじゃなくて……」

乙葉は首をひねった。

「うまく言えないんですけど……すみません」

「まあ、いいよ。これから高城先生の本を片付けなくてはならないし、ゆっくり考えたらいいよ」

「はあ」

「俺らの図書館のいいところはさ、考える時間がたくさんあることだよ」

「考える時間……？」

「給料も安いし、待遇もまあまあだし、仕事もちょっと退屈なこともあるけどさ。考える時間だけはたくさんある。そんな気、しない？」

「そんなこと、初めて思いました。でも確かに」

「売り上げとか求められないし、古い本は逃げていかないからね」

「はい」

「ゆっくり考えなよ……あと、他の職種の人と話せること」

「他の職種？」

「古本屋と書店員と図書館員が一緒に働くことってなかなかないでしょ」

「確かに」

「それも結構、いいなあと思ってる」

乙葉は思わず、笑った。気持ちが少し楽になった。

同日、始業時間ではなくて、開館時間に出社させてもらった。

すでに、他の館員によって高城瑞樹の蔵書は会議室兼応接室に運ばれていた。一応、見に行くと、前から置いてある白川忠介と高城、二人の蔵書で部屋は半分以上埋まっており、しばらく使えそうもなかった。

「……すごい数ね。ご苦労様でした」

後ろから話しかけられて振り返ると、正子が立っていた。

「いえ。玄関から運ぶのだけでも大変でしたよね」

「まあねえ。でも、家から箱詰めして出すのとは比べものにならないわよ」

そのまま、二人で並んで歩きながら蔵書整理室に向かった。

「白川忠介先生の本もそろそろ整理しないとですね」

「ええ。もう、向こうに持って行くより、このまま整理しちゃおうかって亜子とも話してたの。他の人を飛び越すことになるけど」

「そうですね」

「ねえ、どうだった？　高城瑞樹の家は？」

皆、心配してくれているんだな、と思いながら正子の顔を見ると、もちろん、心配もしているが、どこかおもしろそうな、興味が含まれた表情でこちらを見ている。

「渡海さんにも言ったんですが……」

「うん」

「なんか、不思議でしたね」

「不思議？」

「はい。高城先生が生きている気がしたんです。というか、生きて、すぐ近くにいるような」

「蔵書ってそういう力があるのよね」

正子はうなずく。

「いえ、そういうことではなくて……」

乙葉は言いかけて、その言葉を呑み込んだ。

まだ、その違和感を言語化するところまで行っていないと感じたし、それを言ってしまったら、何かが壊れてしまうような気がしたからだ。


いつもの通り、蔵書の整理をしたあと、食堂で食事をした。

カフェの片隅にはみなみと渡海がいた。いつもこの時間にいる徳田は自分で宣言した通り、今日は休んでいるんだろう。二人はすでに食べ始めていた。

店の奥にいる店主の木下と目が合ったので、軽くうなずく。「まかないでいいです」という合図のつもりだった。

「今、受付は篠井さんですか」

二人の横に座りながら尋ねた。

「そう」とみなみが答えた。

篠井はあの後、また、ここではご飯を食べなくなった。食べるとしても誰もいない時間にすませているようだった。

「大丈夫？　疲れてない？」

渡海が優しく話しかけてくれた。

「意外と大丈夫です。あまりに疲れていたら、休もうと思っていたんですが、一眠りしたら、元気になりました」

「若いなあ」

そう話しているうちにトレイにのった定食風の食事を木下が運んできてくれた。

「今夜は田辺聖子ナイトでしたっけ」

「そう」

毎週、金曜日は田辺聖子の日だった。ただ、彼女の日は他の作家と違って、「お好み焼きの日」「大阪風おでんの日」などがあって、メニューが一つではない。

目の前に置かれたのは、一見、普通の定食である。しかも茶色が多い、地味なメニューだ。

「今日は鰯を炊いたものが主菜、そのお汁でおからを炊いたやつが副菜。この組み合わせは彼女の小説に何回か出てくるんだよ。たぶん、お気に入りだったんだろうな。それから、けんちん汁。これもエッセイや小説に何度か出てくる。ご飯は普通の白いご飯に半分は手作りのゆかりを混ぜた、ゆかりご飯にした」

「前から聞こうと思ってたんだけど、木下さんはここに来る前から田辺聖子さんのファンだったんですか？　田辺先生だけ、妙にメニューが多いけど」

「いや。正直、この人もぜんぜん知らなかった。オーナーに『田辺聖子の味三昧《ざんまい》』っていう生前、彼女が出した料理本を渡されて、その中の何品かを作るつもりだったんだけど、そのレシピには料理の出典が出ていて、それならせっかくだから本の方も読んでみるかって読んだら、料理の話が多くてはまっちゃって」

「そうだったんですか」

「一つに絞れなくてさ。いろいろ出しちゃうんだよなあ」

乙葉はけんちん汁を一口すすった。醬油の香りに、根菜の旨みが口いっぱい広がる。

「ああ、染みるなあ」

そして、ごぼうと人参を食べる。

「おいしい。ここのカフェがなかったら、私の食生活、かなりヤバいものになっていると思う」

「そりゃ、よかった」

木下は褒めると途端にぶっきらぼうになることがあった。照れているのだろう。

「……あたし、ここに来るまで、けんちん汁ってほとんど食べたことがなかった。名前は知ってたけど」

みなみもけんちん汁をすすりながら言う。

「けんちん汁って不思議ですよね。名前はポピュラーだけど、確かに、地域によって作る作らない、結構、差がある。年代的なものもあるかもしれないけど」

渡海が説明してくれた。

「けんちん汁は鎌倉の建長寺《けんちょうじ》が作った精進料理が発祥《はっしょう》と言われています。その建長汁《けんちょうじる》がなまって、けんちん汁となった。だけど、現在は茨城や栃木などの北関東の方が食べてるみたいです。材料の根菜やこんにゃくがたくさん採れるし。ここにうどんを入れる、けんちんうどんも人気らしいですよ」

「渡海さんはいつも物知りだなあ」

木下が感心した。

「いえ、この間、テレビでやってたんです」

「なーんだ」

「でも、田辺聖子さんが作っているということは関西にもかなり広まっているってことですよね」

「ただ、田辺さんの作り方で北関東と一番違うのは、こんにゃくの代わりに豆腐を入れることなんだ。大根、人参、ごぼう、さといもなんかを切って、ゴマ油で炒めたあと出汁で煮て、醬油で味付け、くずした豆腐を最後に加える」

「あ、豆腐か。だから、優しくていいんですね」

「茨城のけんちん汁は大鍋にたくさんつくって、何日か食べた後、うどんやそばを入れたり、ご飯を入れておじや風にしたりするから、崩れやすい豆腐はあまり入れないのかな」

「かもしれない」

「こういう定食が一番好きです」

乙葉が言った。

「カレーを作った時も、同じことを言ってたよな」

木下はそう言いながら、厨房に入っていった。

鰯《いわし》は甘辛く煮てあり、ご飯に合う。だけど、その少し生臭くなった口に、ゆかりご飯を入れるとまたさっぱりしておいしい。白いご飯とゆかりご飯、交互に永久に食べられそうだ。おからはその鰯の旨みがたっぷり入った汁を吸って、こってりとうまい。中に入っている、人参や干し椎茸がアクセントになっている。

「おからって、こんなにおいしいものだったんだなあ」

「そう。子供の頃はそんなに食べなかったけど、今はおいしいよね」

渡海が同調する。

「あたしの家は、けんちん汁だけじゃなくて、おからもあまり食べませんでした」

「みなみさんちって、どちらかと言うと、洋風?」

「まあ、そうですね。シチューとか、ハンバーグ的なおかずが多かった。父がそういうのが好きな人で」

「若いなあ」

「でも、まあ五十代ですからね。子供の頃から、そういう食事だったんじゃないですか」

「そういえば、高城先生の家にも田辺聖子全集がありました」

「そうなの？」

「ちょっと意外でした。田辺先生って亡くなられていますし、かなり年上の方の女性が読む小説って感じがしていたので」

「いや、そうとも言えないかも」

渡海が首を振った。

「前に、十代で芥川賞を取った小説家が田辺聖子が好きだってどこかに書いてあったの、読んだことがある」

「そうなんですか。じゃあ、年齢関係ないのかな」

「こんなに美味しい食べ物も書いてくれるし、いい先生だねえ」

そんな、どうでもいいことをだらだら話しながら食べる食事は、気楽でよかった。乙葉はゆっくりと体と心の疲れが取れていく気がした。


高城瑞樹の家に行ってから数週間しても、その蔵書の整理はされておらず、そのまま会議室兼応接室に置いてあった。一度は、いつもの場所……東京郊外の古家に持って行こうという計画も出たが、あれだけ人気のある人だから、鍵さえ壊せば誰でも入れる場所に置くのはどうか、という意見もあって、結局、そのまま図書館に留め置かれた。会議室はほとんど倉庫になってしまった。

蔵書についてはいまだぽつぽつと取材依頼や問い合わせがあった。それでも、逝去後すぐよりは少なくなり、乙葉たちは人々の興味の移り変わりの儚《はかな》さを知った。ただ、地方の書店から、高城の著書のフェアをやりたいので写真を撮らせてくれないか、という依頼があった時は少し議論になった。フェアの背景に蔵書を並べた本棚の写真のパネルを飾りたいとのことだった。

乙葉たちは話し合い……高城の蔵書でかなり狭くなった会議室の一角で机もなしに椅子だけ並べて……今すぐ箱から本を出すことは物理的にもむずかしく、まだ、それは早急じゃないかという理由で断った。乙葉たち、元書店員だった人たちは、できたら協力してあげたいという立場だったが、総合的に考えても無理だと判断した。しかし、高城瑞樹の膨大な蔵書の脇で、身を寄せ合うように話し合っているのはなんだかおかしかった。

「……私たち、この本のしもべね」と正子が言って、皆、苦笑いした。

「まあ、それが私たち、図書館員の正しい姿だけど。本のしもべというのが」

正子の声は小さく、自分に言い聞かせているように聞こえた。

その日、食事をして一階に下りてくると、受付のところで篠井が一冊の本を持ってみなみと話していた。

彼らが二人とも眉をひそめているのを見て、すぐに気がついた。

「乙葉ちゃん、また見つかったよ」

近づいていくと、みなみが思った通りのことを言った。

「またですか」

篠井は黙って、持っていた本の裏表紙を開いた。そこには何も押してなかった。

「あらま」

蔵書印が押してない本は、あれからちょくちょく見つかっていた。最初は週に一度くらい、そして、最近は数日に一回。本当は一冊一冊確認したらもっとあるかもしれない。

「どうして、気がついたんですか」

「ほら、これ、新刊書、それも発売して間もないでしょ」

みなみが言って、篠井が背表紙を見せた。

「ほんとだ」

本はエッセイで有名な老作家のもので、彼が太極拳を始めてから体調が劇的に変わったという体験談だった。数ヶ月前に出て、今もベストセラーになっている。

「背表紙、見ただけでなんかピンときた。こんなに新しい本、それも小説じゃない本がここにあるなんてめずらしいし、記憶になかったから」

「なるほど」

なんとなく、三人一緒にため息をついた。

こんなにたくさんの本が紛れているとなると、犯人はおのずと限られてくる。そうたびたびここに来る人は多くいない。

まずは図書館員。あまり考えたくない可能性だけど、まったくないとは言えない。そして、月間パスポートや年間パスポートを持っている人……。

月間パスポートについては、ないわけではないが、この蔵書印がないものが見つかるようになってから、数ヶ月にわたって買っている人はいない。

今、年間パスポートは五、六人の人が持っている。

高木幸之助の愛人の二宮公子、他は大学の教授や大学院生、卒論を書いている学生、夭折した詩人、安藤光泰《あんどうみつやす》についてのノンフィクションを書いているフリーライター、そのくらいだ。

「七度探して人を疑え、とは言いますが」

篠井がつぶやいた。

「何、それ」

みなみが尋ねる。

「例えばですが、何か物がなくなった時なんかに、七回探してから、泥棒を疑えということです」

「なるほど」

「だから、本来なら内部を探さなくてはならないわけですけど」

実際、少し前の会議ではこのことも議題に出た。篠井が言いにくそうに「決して皆さんを疑っているわけではないのですが、誰か、この件について知っていることや心当たりがある方は申し出てくださいませんか。ここで言いにくければ個人的にでも」と言った。皆、顔を見合わせて、首を振った。そして、その後も篠井のもとに誰からの申し出もないらしい。

「……一応、僕、聞いてみようかと思うんですよね」

「誰に？」

「年間パスポートを持ってきていて、ここ最近、出入りしている方に。最後の棚卸しをしたのが四ヶ月前ですから、そのあと、こちらに頻繁に出入りしている人に」

「何を？」

みなみの質問はぽんぽんと勢いがよかった。

「そうですね。疑っているとかではなくて……実際、誰のことも疑いたくないので……こういうことがあるんだけど、何か、知りませんか、というような感じで」

「それを聞いて、犯人がわかるかな？　犯人が言う？　私だよって」

「いえ、それはまあ、たぶんないですが……でも、こちらが注意喚起をうながすというか、私たちも知っているよ、ということであれば、やめるかもしれません。あと、元警察官の黒岩さんにも相談していると言えば」

「なるほどねえ」

「それでもやめなければ、あまりやりたくなかったことですが、蔵書整理の日程を早めましょう！　それをすれば、その後、見つかった場合、それ以降、来館されたお客様だということだけはわかります」

「うわあ」

みなみが顔をしかめる。

「しょうがないことです」

「わかってます。ただ、蔵書整理ってめちゃくちゃ大変だから！」

乙葉は思わず、口をはさんだ。

「蔵書整理ってそんなに大変なんですか」

「書店でも棚卸しをやるでしょ。あれといっしょですから」

「ですよね」

「図書館はさらに大変です。一週間は閉めなければなりません」

「今、白川先生、高城先生とか、どんどん蔵書が増えてて、ただでさえ滞っているのに。新たに蔵書整理なんて」

「でも、仕方ありません」

「ですよね」

「……あたし、あのちょっと……」

みなみが声をひそめる。

「あんまりこんなこと言ってはいけませんが……さんがあやしいとずっと思っていて」

名前のところが聞こえなかった。

「え？」

聞き返して、みなみがもう一度それを言おうと息を吸ったところで、

「ちょっと、中に入りましょう」

篠井がめずらしく、強い調子でみなみの腕を取って、受付の裏のスタッフルームへ入っていった。乙葉も客がまわりにいないことを確認し、受付の上にあるベル……お客様の来館時やこの場所を離れなくてはならない時に鳴らすもの……を二回「チン、チン」と押して篠井たちの後を追った。

「あそこでお客様の名前を出すのはまずいです」

「すみません」

「今は誰も来てないとはいえ……」

「……なんで今まで気がつかなかったんだろう」

乙葉は二人の様子を見ながら声が出た。

「何をですか」

篠井が振り向く。

「外のチケット売り場です。北里舞依さんが入る時と出る時、ざっとお客様の荷物検査しているじゃないですか」

「ええ」

「だから、本を持ち込んでいる人はすぐわかります。出て行く時はなくなっているのだから」

「それはもう調べたじゃないですか。そういう人はいない、と北里さんが言っていました」

篠井が答える。

「そうです。でも、これまでは文庫本でしたから。例えば、大きめのポーチなんかに入っていたら、女性のポーチは同性でも開けて見たりはしないでしょ。それに、文庫本なら服にも隠せるってちょっと諦めてたし……」

「あー」

乙葉の言葉の途中くらいで、篠井が声を上げながら自分が持っている本を掲げた。

「単行本、しかも、新刊書」

「それなら、北里さんも気がついているかも」

「確かに」

「すぐ聞いてみましょう」

三人でチケット売り場に向かった。スタッフルームを出ると、受付には渡海が座っていた。

「あ、渡海さん、ご苦労様です」

「なんかあったの？」

スタッフルームから三人が続けて出てきたからか、彼は少し驚いた様子で尋ねた。

「あ、あとで説明します！」

さらにめずらしく、三人は走った。篠井もここでは「レディは走らない」とは言わなかった。

乙葉は売り場に向かいながら、みなみがつぶやいた名前が聞こえたような気がしていた。それはほとんど毎日ここに来る、老女の名前だった。

なぜなら、乙葉も密かにその人を疑っていたから。


北里はその新刊書を見、篠井の説明を聞いて首をかしげた。いつもと同じようにさらさらの髪がそれに合わせて落ちた。

「……二宮公子さんの本ですね」

「間違いないですか」

「間違いないです。あの人、こういう本も読むんだなあ、と思いましたから。ああいう人でも健康に気を遣っているんだなあって」

「そうですか」

篠井がため息をつくと、「肩を落とす」という表現がぴったりの様子になった。

「……できたら、あの方だと思いたくなかったんですけど」

ということは、彼もまた、彼女を疑っていたのかもしれない。

「ああいう人でも、というのはどういう意味ですか」

乙葉は北里に尋ねた。

「ああいう人?」

「二宮さんのことをああいう人、と」

「ああ。二宮さんとはここを通る時、時々話をするのですが」

北里が自分から客に、必要以上に話しかけている様子はあまり思い浮かばなかった。もしかしたら、二宮が一方的に話しかけているのかもしれない。

「早く死にたい、とか、ぽっくり逝きたい、というのが口癖で」

「えー、そんなことを」

「どこまで本心かわかりませんよ」

「冗談かもしれませんよね」

「そうそう。もう一つ、その時、気になったことがあります」

北里が言って、篠井から本を取り上げた。

「あったかなあ」

独り言を言いながら、本をぱらぱらとめくった。すると、そこには短冊状の紙がはさんであった。

「売り上げスリップ！」

乙葉は思わず、叫んだ。

「……その時、あれ、スリップがそのままだな、と思ったんです」

「じゃあ、これ、万引きした本ってこと？」

みなみがずけずけと言った。

「あ、今の大型書店はデジタル管理しているので、スリップがあるからと言って、一概に万引きとは言えません」

「ネット書店で取り寄せた本なら、そのままだしね」

「でも、このあたりの書店でデジタル管理しているほどの規模の店は新宿か池袋、八王子、所沢あたりまで行かないとないかも」

「微妙ですね」

「まあ、万引きについてはこの際、二の次三の次です。まずは、この本についてお尋ねしなくては……」

「すみませんでした」

北里が謝った。

「わたくし、ぜんぜん気がつかなくて……二宮さんの本が、入ってきた時はあったのに、出て行く時はなかったこと、気がつきませんでした。いつも、ここの本が出て行くことばかりを気にしていたので」

「入り鉄砲に出女、みたいな話。入ってくる女には気がつかなかった」

みなみが慰めるためなのか、少し茶化した。

「その比喩はちょっと違いませんか」

乙葉が言って、二人で笑った。

「……僕はこれから二宮さんにお尋ねしなくてはならないのか……」

二人の様子とは対照的に、篠井はもう一度ため息をついた。

「私も行きましょうか」

その様子を見て、乙葉は思わず申し出た。篠井があまりにも憂鬱《ゆううつ》そうで、気が重そうに見えたからだ。いつもはテキパキ仕事をこなしている人だが、こういう件……怒ったり、注意したりすることは苦手なのかもしれない。

「いいんですか」

「私、前の書店で何度か万引き犯を捕まえたり、話したりしたことあるし。あ、実際はそういうのって、うちの店はショッピングビルの中にあったんで、ビルが頼んでる万引きGメンの人に頼んでいるんですが、一緒に処理したことがあるから、なんとなくわかりますし」

「いや、今回の場合、万引きじゃないし」

みなみがまた茶化した口調で、口をはさむ。彼女はすでに問題解決したような感じで、少し楽しそうにさえ見えた。

「むしろ、本、増えているし」

「確かに」

「だからこそ、話しにくいんですよ。なんて、ご注意したらいいのか……」

「黒岩さんに同席してもらうとか。でも、女がいた方がよくないですか」

「はい。黒岩さんに来てもらうと、ちょっと大げさになってしまって、二宮さんもお気の毒ですし」

篠井はまた、はあ、とため息をついた。

「だから、私が行ってあげますって」

乙葉はいつもしっかりした篠井があまりにもつらそうで、もう少しで彼の背中を叩いてしまいそうになった。

たぶん、彼のような人は、人の悪意……今回の場合、二宮公子がなんのためにこんなことをしたのかはわからないが……に弱いのだろうと思った。


二宮はあっさりと言った。

「ああ、あたくし」

「え」

あまりにも素直に認めたので、篠井が聞き返した。

「それは、あたくし」

「……二宮さんが置かれたということですか？」

「はい」

「……何か、間違われたのですか。忘れて置いていった、とか」

「いいえ」

二宮公子は首を振った。

「あたくしが自分で置いていったの。蔵書印がない本を」

ものすごくはっきりした自白だった。

今夜も彼女は赤いコートを着ていた。すんなりとした体形に、それはとてもよく似合っていた。白い髪はきれいに結い上げられて、首にはパステルカラーの大きなビーズでできたネックレスが巻かれていた。高いものではなさそうなのに、いや、だからこそ、彼女にしっくり似合っていて、センスのいい人だと強く印象づけた。

場所は高木幸之助の本棚の前だった。本当は会議室兼応接室を使うつもりだったのだが、その前の椅子に座って本を読んでいる二宮を見た時、篠井が小さな声で「ここでお話を聞きましょう」と言った。

確かに、他の客はいなかったし、もしかしたら、故人の本の前の方が、素直に本当のことを言うんじゃないか、と乙葉も思った。

「ええと……」

篠井は視線を泳がせていた。白状させようとここに乗り込んだ本人が一番戸惑っている様子なので、代わりに乙葉が尋ねた。

「今までも、こういう本が見つかっていたんです、ここ数ヶ月……それも二宮さんの犯行ですか」

すると彼女はちゃんと処理している、細い眉をきりりと引き上げた。

この眉、どこかで見たことあるなあ、と乙葉は思った。ああ、確か、古い映画で見たスカーレット・オハラの眉だ。

「犯行？　まあそうね……あたくし以外に、こんなことをしている人がいなければね」

思わず、乙葉と篠井は顔を見合わせた。

「前のは、太宰の文庫本とかでしたけど」

「ああ、じゃあ、やっぱりあたくしだわ」

「なるほど」

篠井が重々しくうなずく。

「どうしてそんなことを？」

すると、二宮は自分が持っていた本を膝の上にのせて……それは高木の蔵書で、ロバート・B・パーカーの『初秋』だった……目をつぶり、じっと考えた上で言った。

「他に置くところがなくてね」

「置くところ？」

乙葉と篠井は同時に言ってしまった。

「あたくしの部屋は狭いものだから、本を置くところがないのよ」

「あ、そういうことですか」

篠井は小さくため息をついた。ちょっとほっとしたみたいだった。彼女の行動が犯罪や悪意ではなく、一応、説明ができる……自分の家が狭いからと言って、うちの図書館に置くことが正常なことかはわからないが……ことがわかって。こちらを混乱させるために蔵書印がない本を置くような悪意より、少し困ったおばあちゃんが本を置く行為の方が、篠井には受け入れやすいらしい。

「それでしたら、先にお話ししてくだされればよかったです。本を寄贈してくださるとおっしゃれば、こちらでも対処できましたから」

「じゃあ、高木パパの本の隣に置いてくださるの？　あたくしの本を」

「いえ、それは……いいえ。申し訳ないですが、こちらの図書館では置けませんので。でも引取先や処分先をお手伝いしますから」

「でしょ。ここでないどこかに持って行ってしまうんでしょ。そんなの嫌よ」

「そうですか……でも」

「あたくしの本だって、ずっとここにいたいもの」

これはまた、困ったことになったぞ、と乙葉は密かに思った。ここには作家の蔵書しか置けない。ただの老女の蔵書を置くわけにはいかない。それを呑み込ませるのは、至難の業かもしれない。

篠井が黙ってしまったので、乙葉はまた尋ねた。

「二宮さんのおたくには本がそんなにたくさんあるんですか？　読書家なんですね」

あまり深く考えず、話題の一つとして。

「……とんでもない、あたくしは読書家なんかじゃないわ。高木パパに比べたら。ただ、ちょっと本を読むだけ。だけど、本屋からとってきた本がたくさんたまってしまって」

とってきた？

乙葉と篠井は顔を見合わせた。

とってきた、というのはどういう字を書くのだろう、と乙葉は思った。「取ってきた」だろうか、「盗ってきた」だろうか。

「盗ってきた」なら、売り上げスリップが入っていたこととの説明もつく。

「あの本は、本屋さんからとってきたものなんですか？」

「そうよ」

二宮はすまして言う。

乙葉と篠井が驚いて声も出ないでいると、二人の顔を見て、二宮はあははは、と高らかに笑った。

「何、驚いているの？　本の万引きは犯罪にならないのよ。花泥棒に罪はない、って言うでしょ。あれと一緒。本はね、皆の回り物なの。あたくしたちが本を読んで物事を学び、それを社会に返還するんだから、かまわないの」

あきれて声も出なかった。

そういう考えの人がいる、昔の人……いわゆる、戦前のエリートの中にはそういう意識がある人がいた、というのは、昔、勤めていた書店の人にちょっと聞いたことがあった。昔の小説にも、どうどうとエリート学生たちが万引きする様子が書いてあったのだそうだ。

時代につれて価値観は変わる。それでもショックだった。こんなにあっけらかんと万引きをまるでいいこと……自分たちの特権のように言われてしまうと。

二宮はなおも笑った。

「あら、若い人には強烈過ぎたかしら。でも、本当よ。だって、高木パパが言ってたんだもの」

「高木幸之助が……いや、高木幸之助先生がそんなことを言ってたんですか？」

彼が生きていた時は、一度ならず、フェアをやったり、彼の本を店頭に並べたりしたことがある……あの時、自分が作ったポップを今すぐ破り捨てたくなった。

「そうよ。昔っから、高木パパみたいな才能ある人たちはそう言ってたのよ」

書店をなんだと思ってんだ。その一冊の売り上げを取り返すために、こっちは何冊の本を売らなくてはならないと思ってるんだ。怒鳴りつけるために息を吸い、口を開きかけたところで、篠井が乙葉の腕を軽く取った。顔を上げると、小さく左右に振る。ここは我慢してください、という合図だろうと思い、気を鎮めてやっと息を吐いた。でも、その代わりに涙がにじんできた。

「……本の中には、というか、この一冊以外は古本でしたよね。それも盗ってきた本なんですか？」

「そうよ。前はこのあたりの古本屋で盗ってたの。昔、高木パパが生きていた頃は一緒に行ったこともあったわよ。だけど、最近、どこも店に入れてくれなくなってね。それで、新しい本屋さんに変えたの」

古本屋の方で気がついて、出禁にしたのか……乙葉はそこではっと気がついて、おそるおそる尋ねた。

「……もしかして、うちからも本を盗っていたんですか」

こんなに本を盗ることに罪悪感がないなら、ここから盗んでいてもおかしくはない。見つかってないだけで、盗られていたのかもしれない。

「盗るわけないじゃない」

二宮はきっぱりと否定した。

「だって、大切な高木パパの本だもの。それを盗ってしまったら、ファンの方が困ってしまうじゃない。ファンは大切なんだから」

篠井が隣でほっと息を吐いていた。安心したんだろう。

「でも、他の人の本は?」

「……他の人? 他の作家の蔵書ってこと? 盗りゃしないわよ。高木パパの本以外はなんの興味も価値もない」

「よかった」

思わず、声が出た。

もちろん、嘘をついているのかもしれないが(実際、古本屋や新刊書店で他の人の本を盗っているわけだから)、今のきっぱりした否定の仕方はある程度信じてもいいような気がした。

「他の作家なんて、糞よ。他の作家の印鑑が押してある本なんて、老いたりといえども二宮公子が盗るわけないじゃない。気持ち悪い」

ぶつぶつと独り言のように続けた。

筋が通っているような、いないような主張だと思った。

いずれにしろ、この人をこれ以上、ここに入れるわけにはいかない。でもそれをどうやって伝え、どうやって行えばいいのか、わからなかった。正子や亜子にも相談して……この図書館の人たち、北里や黒岩も含め、皆で話し合えば大丈夫、できる。

そう考えたら、ちょっと元気が出てきた。

「……あの、二宮さんは高木先生の……恋人だったんですよね」

愛人と言ったらさすがに申し訳ないかと思って、そういう言葉を使ってみた。

「そうよ」

「それで、この図書館に通っていらっしゃると前に聞きました。他の者から……」

「だからどうしたの？」

二宮は肩を怒らせ、好戦的と言ってもいいくらいの調子で答えた。

「高木先生の本の近くにいたいっておっしゃっていると聞きました。いつも高木先生の本だけを読んでお過ごしですか？　他には？」

そう尋ねたのは彼女の気をなだめるために少し話を変えたかったのと、ここで彼女がどのように過ごしているのか知っておけば、蔵書印のない本を探しやすくなるかもしれないと思ったからだった。

「……そうよ」

あまり深い意味もない質問だったけど、二宮は一瞬、本当に一瞬だけど、黙ってまぶしそうに目を瞬かせてこちらを見た。

なんだろう、この違和感は……。何かわからないけど、彼女を困らせた感覚があった。

「……違いますよね」

篠井が小さな声で言った。

「え」

そこで篠井が口を挟んだことに、二宮よりも乙葉の方が驚いてしまって、声を上げた。

「違いますよね。ただ、本の近くにいたいとか、それだけの理由ではないはずだ」

「何を言っているの？」

「もちろん、本の近くにもいたいでしょう。でも、そんな純粋な理由だけではない。僕はわかっていました。ずっと。でも、それは別にかまわないと黙っていたんです」

「篠井さん、どういうことですか？」

乙葉が尋ねた。

「プライバシーの問題だから、と思って誰にも言わずにきました。だけど、この図書館をこんなふうに汚されるのは許せません。蔵書印のない、それも盗品をここに置くなんて」

篠井は乙葉の方をちらっと見た。

「ここにいるのは図書館員の樋口さんだけだから言いますね。いいですよね？　あなたはずっと本を捜してましたね。高木さんの、ある一冊の本を」

二宮は目を伏せていた。それはイエスにもノーにも見えた。言い返したり、抵抗したりはしてこず、ただ、その体が一回り、小さくなったように見えた。

「僕、気がついたんです。ここにいる時、あなたはいつも隠れて手紙を見ながら本を捜していた。古い手紙です。でも、誰かがこの部屋に入ってくると慌ててしまってしまう。何か、大切な秘密の手紙じゃないかと予測していました。あなたに気がつかれないように、時々、遠くから見ていました。でも、手紙を読むというより、いつも本と見比べている。それで、これはきっと書籍暗号を、その鍵になる本を捜しているのではないかと思いました」

二宮は何も答えなかった。

「書籍暗号って？」

乙葉は尋ねた。

「書籍や文章を鍵とした暗号です。それを交わす人はお互いに、同じ書籍の同じ版の本を持たないといけないけど、それ以外の人は膨大な本の中から捜さなくてはならないし、たとえ、鍵をなくしても本によってはまた手に入れることができます。古典的だけど、意外と利便性が高いものなんですよ」

「へえ。知りませんでした」

「手紙の方には数字が書いてあって、ページ数や行数、上から何番目の言葉や文字なのか、ということがわかるようになっています」

「では、知らない人から見ると数字だけの手紙なんですね」

「そうです。二宮さんはなんらかの形で、誰かの……まあ普通に考えたら高木さんに関係する人の書籍暗号で書かれた手紙を手に入れたんですよね？　そして、それを解くためにここに来た。まあ、普通に考えたら、相手は奥様じゃないですよね。一緒に住んでいた奥様なら、暗号を交わすような必要はない」

二宮はやはり、何も言わず、じっと下を向いていた。

「手紙のお相手は誰ですか」

答えなかった。

「まあ、いいです。そのこと自体は正直、僕たちには関係ありません。でも、僕は思っているんです。その書籍暗号、もう解けているんじゃないかって」

ずっと反応のなかった二宮がここで初めて、はっと顔を上げた。

「どうして？」

「だって、もうあなたがここに通うようになって数年です。高木先生のすべての本を見なければいけなくたって、さすがに調べられたでしょう？　あなたが愛人で高木先生の近くにいた人ならある程度、予想はついただろうし。鍵は高木先生が好きだったり、愛読していたり、なんらかの思い入れのある本にするでしょうから」

彼女はしばらく黙っていたが、急に笑い出した。篠井と乙葉は顔を見合わせた。ついに、この人はおかしくなってしまったのかもしれないと少し怖くなった。

「……それがそうじゃなかったの」

でも、高笑いした後、二宮は答えた。

「そうじゃない?」

「すごく時間がかかってしまった。最後に調べた本だったから」

「最後だったんですか」

「この本だけは違うだろうって、後回しにしてた本だったの。だからなかなか見つからなかった」

「そうだったんですか。高木さんが好きな本じゃなかった?」

「いいえ、逆。一番好きで、一番愛した本だと思っていた……あたくしがプレゼントした本。いいえ、あたくしが教えてあげた、と言うか。いい本だから読んでみてって。それが鍵だった」

「なんの本ですか」

乙葉は尋問というより、むしろ興味をひかれて尋ねた。

「……武者小路実篤《むしゃのこうじさねあつ》の『愛と死』」

「ああ」

篠井はすぐにうなずいたけど、乙葉は読んだことがなかった。

「あんな短い本だったんですか」

「ええ。だって、愛してるとか、君のためなら死ねる、とか、その程度の手紙だったから、十分だったんでしょう。あたくし、我慢できなくてあの本を持って帰って捨てました。そしてその代わりに」

「太宰の本を置いておいたのですね」

「ええ。ちょうど持っていたし、同じくらいの厚さだったから」

置き本はそこから始まったのか。

「やっぱり、ここの本を盗っていたんじゃないですか」

「違うわよ、だって、あの本はあたくしがあげたんだもの。あたくしの本だもの」

「どういうことですか」

「相手は彼の新しい愛人でね……高木パパの奥さんが亡くなったあと、あたくしはパパと半同棲するようになったんだけど」

仮にも愛人からもらった本を他の愛人との恋文の暗号の鍵にするなんて、高木もひどい男だ。いや、だからこそ、使ったのだろうか。気がつかれないために。

「それより、どうして、暗号が解けたあともここに来ていたんですか。もう必要ないでしょう?」

今夜の篠井はどこまでも残酷なようだった。見事なまでに、彼女の言葉をさえぎった。二宮の方はもっと話したそうに口を開いていたのに。

もしかしたら、彼女は私たちに話を聞いてもらいたかったのかもしれない、と思った。愚痴や思い出話を。でも、篠井はそれを許さなかった。

「……他に行くところがないから。寂しくて。ここに来たら、本があって若い人がいる」

乙葉は思わず、目をそらした。
そう。彼女には他に行くところがないのだ。長い夜の時間を潰すための。
長いこと、妻がいる人の愛人をし、万引きをし、家族もいない。
そして、その場所も、たぶん今夜、永遠に失うのだ。

最終話

森瑤子の缶詰料理

二宮公子の事件のあと、夜の図書館は長いお休みに入った。

篠井の提案を元に何度か館員たちで話し合い、まず、最初の三週間を使って蔵書整理とチェックを行い、その後、しばらく全員、休暇を取ることになった。開館する時は、事前に篠井を通じて、オーナーから連絡が入る。それは長くとも一ヶ月くらいではないか、と篠井から説明があった。長期休暇の理由は「蔵書整理の疲れを癒すため、そして、オーナー自身が図書館をチェックするため」と伝えられた。その間も給料はちゃんと支払われる、ということも合わせて約束してもらった。

夜の図書館は静かに、世間から門を閉じた……。

乙葉にはそんな感じがした。

研究者やライターさんからは引き続き使わせてほしいという要望は当然あった。篠井は月間パスポートの代金の全額返金、必要な情報についてはメール等で丁寧に対応する、という条件で急な閉館を呑んでもらった。説明を尽くせば、皆、快く了承してくれた。

蔵書整理の間も、普段と同じように午後四時から深夜一時までの勤務にする、というのも話し合いで決まった。お客様が来ないのだから、午前九時から午後六時にしてもいいのではないか、という意見もあったが、一度夜型に慣れた身体を一ヶ月以上普通にし、また夜型に戻すのはむずかしいという正子の意見が通った。

図書館探偵の黒岩や受付の北里舞依、食堂の木下たちは出勤も休暇も自由、ということになった。黒岩と木下は一ヶ月間、休みを取ることを選んだ。

「退職してからもこんなに休みをもらったことはないので、妻と旅行でもします。息子が北海道に住んでいるので遊びに行こうかな」

会議に呼ばれた黒岩がそう言った時、小さなざわめきが立った。乙葉は心の中で「黒岩さん、奥さんいるんだ」「家族いるんだ」と思ったが、たぶん、他の館員の驚きも多かれ少なかれ同じようなものだっただろう。

木下は特に理由は言わなかった。これまた、木下らしかった。

北里は出勤を選んだ。

「わたくしはよろしければ、基本的には皆さんと同じように出勤します。出入口の施錠をしなければならないし、蔵書整理も手伝えることは手伝いますので」

乙葉は少し意外に思った。いつもクールな彼女が図書館員たちと仕事をともにする、とは考えていなかったからだ。

図書館員としてのキャリアが長い正子が、今回の責任者になることに全会一致で決まった。正子の指名もあって、みなみが副責任者に任命された。正子の指揮と指導の下、蔵書整理が始まった。今までも行われていたことだが、乙葉と徳田には初めての経験だったので丁寧に説明された。

「どの図書館でも一年に一度くらいはすることですからね」と彼女は蔵書整理の一日目、皆を前にして言った。

「特別なことではありません。でも、大切な仕事です。図書館の本がお客様の求めに応じて迅速丁寧、確実に提供されるためには、本が正しい場所に置かれていなければなりません。今回は紛失したり、よけいなものが入ったりしてる可能性もあります」

正子は皆を見回した。

「正直、紛失はそうむずかしいことではないのです。所蔵データと資料を突き合わせればおのずと見えることなので……だけど、よけいなものが入っているというのは普通の図書館ではあまりないことで、少し注意が必要です」

「そのために作家さんお一人お一人の担当を二人ずつ決め、資料の突き合わせを行うことにしました。終わったあとは改めて、各作家さんごとに蔵書の数を数え、データと突き合わせます」

みなみが正子の横で声を張り上げた。緊張しているのか、声が裏返り、彼女は顔を赤らめた。

「……ええと、この資料数の確認だけは担当とは別に複数の館員が関わるようにしてください」

みなみは軽く咳をして声を整えてから続けた。

「よろしくお願いします」

説明が終わると、二人は皆に頭を下げ、皆、軽く拍手した。少なくとも乙葉はそう思った。午後始まってしまえば、この期間は悪くない時間だった。その組み方も、最初は正子と亜子、四時に出勤して、二人一組で蔵書を確認し、数を数えた。その組み方も、最初は正子と亜子、みなみと乙葉、篠井と徳田、そして、渡海と北里のペアだったが、数日で別の人に変わった。
「ずっと同じ人と組んでいると、慣れが出てきて、間違いにつながりますから」と正子は説明した。

蔵書印以外、請求記号やバーコードなどは付けていない本を整理するのは、普通の図書館の倍の時間がかかるだろう、というのが正子たちの見立てだった。
「普通の図書館でも、閉架書庫の整理を含めると、一年一回でだいたい蔵書の三分の一を整理します。つまり三年ですべての蔵書をチェックするくらいのスケジュールを組みます。それを今回はいっぺんにやってしまうのですから」

休日はみなみの部屋に集まって、『赤毛のアン』のドラマの続きを観た。こんな時間がいつまでも続けばいいな、と乙葉は思った。

期間中、乙葉と篠井だけは図書館の外で人に会った。

高城瑞樹の妹と話し合って、蔵書印のデザインを決めなくてはならなくなったのだ。あのマンションから引っ越し、処分するのでその前に来て欲しい、という連絡があった。明言したわけではないけれど、彼女は関東を離れるのではないか、と篠井は言った。

妹が指定してきた日の昼間、篠井とともにマンションを訪れた。本を運ぶ必要はないので、二人で電車を乗り継いで、武蔵小杉のタワーマンションまで行った。

電車の中で必要最小限のことしか話さなかったが、特に気詰まりだったり、落ち着かなかったりすることはなかった。二宮公子の事件を一緒に解決してから、同僚と言えばもちろんそうだが、そこを超えた、家族とも兄弟ともつかない、妙な連帯感があるような気がした。ただ、それは自分一人が感じているだけかもしれない。篠井に確かめる術がないのだから、と思うと乙葉は少し寂しくなった。

高城瑞樹の部屋は閑散としていて、もねと呼んで欲しいと言っていた妹はジャージ姿でぼんやりしていた。前と同じようにリビングに通された。

蔵書を取り払った本棚はがらんとしていた。ものがなければ少しは片付いたふうに見えてもいいのに、大型の本棚に一冊も本がなく部屋が汚れていると、まるで泥棒が入ったあとのようだった。

篠井が用意してきた蔵書印のデザイン表を見せた。何か特別な希望がなければ、フルネームを入れる形でいくつかのひな形がある。選ぶのは、陰陽（文字が白く浮き出るか、線で浮き出るか）と、縦書きと横書き、書体はどうするかくらいだった。

「あんまりぱっとしないね」

一目見て、彼女は言った。

「これは一番、シンプルな形です。何かご希望の案や絵などがあれば、入れることはできます。例えば、故人の好きなものなどのイラストを加えることも」

すかさず篠井が申し出ると、彼女は首をかしげた。

「別にないけど……」

それまで黙っていた乙葉もつい口をはさんでしまった。

「蔵書印は一度押してしまうと変えることができません。後悔のないように……」

「後悔？」

案の定、もねはこちらをいぶかしげに見た。眉と眉の間に深くシワが刻まれていて、その表情に気持ちがひるんだけれど、勇気を出して付け加えた。

「いらっしゃるお客様は本を手に取って、次に裏を広げて印を見られることが多いです。結構、本や作家の印象を左右するんです、蔵書印が……」

関係ないよ、興味ないよ、と言い返されると思ったけど、意外と彼女は素直にうなずいた。

「なるほどね」

「生前の作家さんを偲べるような印だと、皆さん、喜ばれます」

「……本が好きだったんだよね……でも、それは普通だよね、作家だったし」

「本のデザインをモチーフにして名前と組み合わせることもできます」

篠井が説明した。

「そうなの？」

彼はシンプルな蔵書印の隣に、鉛筆でささっと本の絵を描いた。表紙の部分に「高城瑞樹」と書き入れた。

「下手な絵ですけど、だいたいこんなふうなイメージです」

「ふーん」

もねはじっと見ていた。

「いかがでしょう？　他に好きな花や果物、動物なんかがあれば、それを使うことができます」

「猫は好きだった……アレルギーで飼えなかったけど」

「猫？　もちろん、猫を入れてデザインすることもできます。そうなると、デザイナーに確認しなければならないので、一度持ち帰って、デザインしたものをメールなどで送りましょうか……？」

「あ、夏目《なつめ》漱石《そうせき》の本みたいにできる？」

「『吾輩《わがはい》は猫である』の初版本ですか……？」

「いえ、有名な裸の猫人間みたいなのじゃなくて、カバーの下の金箔とオレンジの絵だけど……」

「ああ、あれ、きれいでかわいいですよね」

篠井ともねの間で会話が進んでいるので、乙葉はすぐにスマートフォンで該当の『吾輩は猫である』の初版本を検索し、画像を出した。

「ああ、こういう感じ」

もねは乙葉が差し出したスマホの画像にうなずいた。

「書体もこれに近づけますか」

『我が輩は猫である』の丸みを帯びた書体を指さした。

「そうね……いいかもね」

「じゃあ、ちょっとこのイメージで、デザイナーに聞いてみましょう」

彼女は嬉しそうにうなずいた。これまでで一番、いい顔をしていた。

だから、つい、乙葉は口を挟んでしまった。

「すみません。ちょっとうかがってもいいですか」

「何をだよ?」

もねの口調はそこまで厳しくなかった。むしろ、気を許しているからこそ、ざっくばらんな言葉を使っているように思えた。篠井の視線は心配そうにこちらに向けられていたが、無視することにした。

「前にここに来た時、トイレ掃除の話をしましたよね? 女性がトイレ掃除をすることは当たり前じゃない、って言ってくださって」

「そうだっけ?」

「あれ、高城瑞樹さんから聞いたんですか?」

「いや……どうだったかな」

彼女は口ごもった。乙葉は彼女の顔をじっと見た。どんな表情も見逃さないように。

「高城さんの考えなんですか？」

「どうして？」

「いかにも高城さんが言いそうなことだから」

乙葉は「たかぽん」と言わないように気をつけていた。

「あたしの考えがすべてあの人に影響されているわけではないよ」

「高城瑞樹さんの初期のブログに同じような言葉があったので」

「じゃあ、偶然だね」

「そうですか」

「あの人とあたしはまったく別の人間だから」

もねはきっぱりと言い放った。

篠井と乙葉は一緒に家を後にした。タワーマンションのエレベーターの中で、乙葉は言った。

「あの人、もねさん、本当に、たかぽんと仲が悪かったんでしょうか。とても、そんな気がしない……気がしないような時があって」

「ん？」

篠井は不意を衝かれたようで、首をひねった。

「そうですか？」

「すごく仲が良かったか、でなければ、近い考え方を持っていたような気がします」

「へえ……？」

「たかぽんは作品以外には、エッセイやSNSなどで自分の考えを述べるようなことは一切していません。だけど、さっきも言ったように、初期の頃、ネット上で作品を書いていた、本当に初期の初期、わずかな時間だけ、ネット小説と連動したブログを書いていたんです。ネット小説ではそうやって人を引きつけてアクセス数を稼ぐことがあるので……でも、すぐに人気が出てやめちゃったんですが」

「ほお」

「本当に数週間です。でも、それを全部、スクショしていた人がいて、一部がネットに出回っているんです」

「ええ」

「さっきも言ったように、そこに出ていたことを、もねさんに言われたんです。あの妹さんに」

それはトイレの掃除についてだった。女だから、トイレの仕事に立候補したの？　ともねに聞かれた時に言っていたことと同じだった。あちらの国ではトイレ掃除は女や奴隷の仕事だと。

高城瑞樹は憤っていた。そんなことおかしい、女がテロ犯人以下なんて、と。

「なのに、あそこまできっぱり否定された。それが逆に怪しくて。そこまで言わなくてもいいのに」

別の人間だなんて……そんなことは当たり前に誰でもわかっていることなのに、と乙葉はつぶやいた。

「それは妹さんだから、同じような考えを持っていたり、話をしていたりしたのかもしれませんね。もしくは妹さんもそれを読んで賛同していたとか」

篠井はどこか慰めるように言った。

「ええ。でも、小説の中に出てくるようなことならともかく、そんなちょっとしたところの考えまで似るでしょうか。あの人のものはすぐに処分して、お金にしたい、というほど嫌がっている人が」

「人は近くにいるほど、複雑な感情を抱くものですよ」

「……ですよね。でも」

そこで、マンションのエレベーターが一階に着いた。

二人でそろって外に出てからも、乙葉はやめられなかった。

「すみません。でも、どうしても信じられなくて。本当に高城瑞樹は死んだんですよね？」

「と、思います。僕がその死に顔を確かめたり、死亡診断書を確認したりできたわけではないですけど、でなければ、大手の新聞社が死亡記事を書いたり、出版社がそれを発表したりできるでしょうか」

「そうですよね……」

「それに、なんで死を偽装するような必要があるでしょう。小説家をやめたかったら一時期だけ休むとか、引退することもできますよ」

「わかってます」

乙葉は頭をがっくり下げて、篠井のあとについていった。

「樋口さんご自身は本当のところどう考えているんですか……高城瑞樹とあの妹さんの関係」

しばらくして武蔵小杉駅に向かう途中、篠井が尋ねてくれた。

その声は優しくて、質問と言うより、乙葉の気持ちを聞いて整理してくれようとしているみたいだった。

「……もしかして、高城瑞樹というものそのものがあの妹さんなのかな、とも思ってたんですが」

「はい」

篠井は肯定も否定もせずにうなずいた。

「でも、篠井さんが言うように、誰も死んでいないのに死亡発表をすることはさすがにできない気もします。その辺の仕組みはわかりませんが、万が一、生きていたのに死亡情報を流していたら、バレた時ご本人だけでなく出版社も非難されるでしょうし」

「ですね」

「だけど、例えば、二人の作家が一つのペンネームで書いていたら……？　何か役割分担があるとか……そうでなくても、高城瑞樹はさまざまなジャンルの小説を書けることで有名でしたから」

「なるほど」

「で、片方が亡くなったので、死亡記事を出して、一度、高城瑞樹の作家生命は終わりにしたのかも」

「……まあ、可能性はなくはないですけどね。でも、せっかくの高城ブランドというか、そういう名前を捨ててしまうのはもったいないような気がします。まあ、僕のような凡人と先生のような天才では考え方が違うでしょうが」

「まあ」

「蔵書をすべて処分するっていうのももったいないですよね。別にそこまでする必要ないし」

「そうですけど……例えば、まあ、心機一転、みたいな?」

「あれほど、妹さんが何か怒りを抱えているというのも不思議です」

「それは演技とか」

「あの怒りは本物と思いました。僕も愛する人が急にいなくなったら同じように悲しむだけでなくて、憤るかもしれない」

「まあそれは、そうですが」

篠井が「愛する人」という言葉を使ったことと、憤るほどに愛する人がいるのだろうかということは意外に思った。話しているうちに駅に着き、篠井が切符を買ってくれた。これは経費にするから、と言いながら。

「……そんなに生きていてほしいのなら」

篠井はホームに上がるエスカレーターの途中で振り返って、乙葉に言った。

「樋口さんの中で高城さんは生きていることにしたらどうですか」

「生きていることに？」

「そう信じることは自由です。死んだと発表しているけど、本当は生きていると。どこかで生きていて、また、作品を発表することもあるかもしれないって」

乙葉は今、行ったばかりのタワーマンションを思い返した。建物のてっぺんは今出てきた場所とは思えないほど遥か遠くに思えた。

「思っていいんでしょうか」

「いいんですよ。好きなように思えばいい。僕たちは自由です」

ほんの少し元気が出た気がした。

「ありがとうございます」

思わず、感謝の言葉が出た。

「どうしてですか」

篠井は不思議そうな顔をした。

「なんか、勇気づけられました」

「そうですか、なら、よかった」

「篠井さんの言葉に私、助けられてるんですよ。ここに来てから」

「え」

つり革に摑まっていた篠井は驚いていた。

「そんなことを言われたのは初めてです」

「ええ、そうですか。皆、そう思ってると思うけど」

「それはありがたいな。自分は人の役に立っているとは思ってなかったから」

「えー、そのほうが驚き。私、篠井さんの言葉、好きだから」

口にしてから、驚いた。仕事仲間に限定的ながら「好き」という言葉を言ってしまっていることに。自分でもヤバいと思うほど、顔が熱くなって、下を向いてしまった。何かを感じたのか、篠井の方も黙ってしまった。

数駅先まで行った時、そっと彼の顔を見上げると、陽があたっているからか、彼も顔が赤くなっている気がした。

「あと一つ、お聞きしていいですか」

「……なんでしょうか」

「今度の長期休暇ですが、だいたい、どのくらいの期間をオーナーは考えているんでしょうか」

乙葉はずっと気になっていたことを尋ねた。

「それは、皆さんにも申し上げた通り、二週間から最大一ヶ月くらいを目処にしていただいたらいいと思います」

ふっと口調が変わったように感じて、乙葉は思わず篠井の顔を見た。まるで、図書館に関わる人たち、全員の前で話す時のような、通りいっぺんの言葉だったからだ。ほんの少し前まで赤面していた顔が白く戻っていた。何かを隠しているようにも感じられた。

乙葉自身は決して他意があって聞いたわけではなかったが、逆に怖くなった。

「休暇の長さが決まってないなんて、もしかして、オーナーはこのまま図書館をやめてしまうわけではないですよね？」

不安な気持ちを吹き飛ばすように、半分冗談で尋ねた。

「それはないです」

篠井はきっぱりと答えたが、それは少し速すぎた。二人の間にわずかに流れたと思われた温かい空気もまったくなくなっていた。そして、それは高城瑞樹の妹の否定の仕方にちょっと似ていた。

「樋口さんはオーナーが信用できないんですか。それは残念です」

乙葉はさらに怖くなった。篠井が、図書館に来たばかりの頃のようによそよそしく感じられた。それで、慌てて説明した。

「いえ、オーナーを信用してないわけではないんですが……二週間なら実家に帰りたいと思いますし、一ヶ月なら、思い切ってフィリピンのセブ島に行って、短期の留学というか、英会話学校に行ってみようかと思っているんです」

前に少しだけ考えていたことを、さもずっと希望していたことのように話し、取り繕った。

以前、学生時代の友達がセブ島の英会話学校に行っていることをＦａｃｅｂｏｏｋに上げているのがうらやましくて、覚えていたのだ。

でも、こうして篠井に説明していると、本当にずっと前から行きたかったように思えた。

「ああ、セブ島なら僕も行ったことありますよ。学校もちょっと通ったことがある」

「え、そうなんですか」

そして、彼は学校の名前をいくつか出し、驚くほど詳細にそれぞれの特徴やレベルを説明してくれた。

「本当に、よくご存じですね」

「アメリカの大学に行く前に、あそこで英語を勉強しなおしたんで」

休暇の期間を聞いたのに、すっかり話がずれてしまった、と乙葉は思った。

「なので、休暇期間の詳しい長さがわかったら……」

「ああ、そういうことなら、休暇期間のことは気にせず行ってきたらどうでしょう。たとえ、途中で休暇が終わってもそのまま学校に居続けてくださってかまいません。オーナーには僕の方から説明しておきます。たぶん、その間の有給休暇も認められると思います」

不思議だった。

「あ、ああ。ありがとうございます」

ものすごくありがたいことを言われているのに、不安はどんどん増していく。それ以上質問を重ねたら、何かもっと怖いことに巻き込まれそうな気がした。

そのまま、図書館までほとんど何も話さないで帰った。

蔵書整理が始まって一週間ほど経った日、乙葉は昼頃起きて、テレビを観ながら朝食……世間で言うところの昼食を食べていた。観ていたのは前日に録画したミステリーと恋愛が混じったようなドラマで、ヒロインがほのかに好きになっている相手を犯人ではないかと疑っているシーンが延々と続いていた。

「いいかげんに気づきなよ。犯人は彼じゃなくて、彼のお兄さん！」

乙葉がテレビに向かって小さく叫んだ時、そっとドアを叩く音がした。

同じ寮の人か実家からの小包かなと思ってのぞき穴をのぞくと、そこには自分と同じくらいの歳の、知らない女性が立っていた。いったい、誰だろうといぶかしみつつ、ドアを開けずに「どなたですか」と尋ねた。何かを言っている気配はするのだが、名前までよく聞こえない。仕方なく、チェーンをつけたまま、ドアを開けた。

セミロングの髪に、カーディガンとロングスカートというごく普通の服装の女性だったが、背が高く、がっちりした体形をしている。そのためか、とてもしっかりして世話好きな人に見えた。体育会系の部活で副キャプテンか何かをしているような。

「すみません、どなたですか」

もう一度尋ねると、彼女は言った。

「岩崎《いわさき》と申します。前にここに住んでいた小田早穂の友人です。ここに置いてきたものがあるそうで、代理で取りに来ました」

「あ」

この部屋に来た日、クローゼットの中に段ボール箱が一つ置いてあって、前任者が取りに来ると篠井が言っていたことをすぐに思い出した。

「彼女によると段ボール箱……ミカンが入っていた箱だって言ってたんですけど」

大きさも話も合っている。

「あの、それここにありますけど、いいですか。一応、上の人に確認しても」

「わかりました。こちらも一応、早穂の身分証を持ってきました」

彼女は写真入りの運転免許証を乙葉に見せた。おとなしそうな女性が写っている。歳は乙葉の一つ上だった。

「あの、ひっくり返してもらえると、ここの住所が書いてあります。一度、住所変更して、また実家に戻っています」

彼女の言葉通り、確かに免許証の裏側に住所の記述があった。

これだけで、十分、彼女の証明はできたと思ったけれど、一度、ドアを閉めて篠井に連絡し、事情を説明した。

「なるほど、確かに、小田さんの代理人のようですね」

乙葉の説明を聞いて、篠井も納得した。

「お渡しして、大丈夫そうです」

乙葉はクローゼットの中から段ボール箱を取った。今までそこから動かしたことはなかった。中身はほとんど入っていないようで、拍子抜けするほど軽かった。

「どうぞ」

今度はチェーンをはずしてもう一度、ドアを開け、段ボール箱を渡した。

「ありがとうございます」

岩崎と名乗った女性はお辞儀をして受け取った。

「……季節物の服が入っているらしいです」

「そうなんですか」

それ以上、なんと答えていいのかわからなくて、乙葉はうなずいた。

「お世話になりました。ありがとうございました」

彼女はもう一度お礼を言って、頭を下げた。

「では……」

乙葉がドアを閉めようとした時、岩崎が「あの」と言った。

「はい？」

「ここ、おかしいことないですか」

「え？」

おかしいこと？　それはこの寮でということだろうか、図書館でということだろうか。図書館でということなら、まあ、おかしなことだらけ、とも言えるが。

「ここです。この部屋です」

岩崎は段ボール箱を持ったまま、顎の先で床を指すようにして言った。

「おかしいこと、ですか……？　部屋の設備とか間取りですか？　それとも幽霊的なことですか？」

「幽霊と言うか……」

岩崎は少しだけ乙葉に近づいて、声を潜めた。

「早穂、この部屋になんかいる、なんか出る、って言って、ずっと怖がっていたんです。自分がいない時に誰か部屋にいる気がするとか、誰かが部屋に入ってきていた気配があるって。一度なんか、仕事中に忘れ物をして取りに帰ってきたら、隣の部屋から物音がした、とか」

「へえ」

隣の部屋なら、多分、みなみのところだ。

「図書館の人たちにも相談したり、訴えたりしたんだけど、あんまり信じてもらえなくて、実際、何かがなくなったりはしていないので、早穂も証明できなくて。それで、すっかり怯えて、ここをやめてしまったんです」

「そうですか……」

「すごく本が好きで、ここに勤め始めた時には張り切っていたんですけどね」

「私はぜんぜん気がつかなくて。霊感とかもないし」

そうか……やっぱり、早穂の気のせいなのかなあ、と岩崎は首をひねった。

「そのせいもあって引っ越しの時、ばたばたしてて、この荷物も忘れて来ちゃったんだけど、自分じゃ怖くて取りに行けないって言うから、私が来ました」

「そうだったんですか。ご苦労様です」

そうか、やっぱり違うか、と少し残念そうな顔をしながら、岩崎は帰っていった。彼女自身も小田早穂の言うことはあまり信じていないようだった。


その日の出勤時、乙葉は何気なく……本当にふと何気なく思いついて、図書館の出入口の大理石の壁に埋めてある、蛾の標本の写真をスマホで撮った。毎日のようにそこを通るようになって、怖さも多少薄れてきていた。

「それ、どうするんですか」

受付に座っていた北里が尋ねた。そうしていると、開館していた時とあまり変わりない。

彼女とはこれまでほとんど話すこともなかったが、蔵書整理が始まって一度ペアを組んだこともあり、前よりは言葉を交わすようになっていた。彼女はとても几帳面で、字がきれいで、面倒な仕事も進んでやってくれる人だということもよくわかった。

「なんていう虫か、調べてみようかと思って」

「わかるんですか?」

「画像検索をかけてみようかと」

「へえ」

彼女はやはり興味なさそうにうなずいた。

図書館の中に入りながら、乙葉は自分が撮った写真で検索をかけた。

同じような瑠璃色の蛾の写真がずらりと出てきて、ちょっとたじろぐ。慣れたといっても蛾が木の幹にたくさん張り付いているような写真はやはりぞっとする。

いくつかの写真の中で比較的似ているものを見つけてはタップして元のページの説明を読んだ。しかし、どれも玄関の蛾とは、よく見ると少し柄が違っていたり、説明文にある大きさとは合わなかったりした。

そんなに簡単には見つからないか……と諦めかけて最後の写真をタップして思わず、足が止まった。

——KOUKO・KOBAYASHI
説明文には「マレーシア原産。日本人女性の名前が学名になっているめずらしい蛾。一説には蛾の発見者である、井田孝三《いだこうぞう》教授と親しい女性の名前とも」とあった。

小林……この図書館で聞いたことがある名前だ、と気がつく。この小林さんは、コバヤシコウコさんはこの図書館の関係者なのだろうか。

乙葉は立ち止まったまま上を見上げた。そこには二階まで吹き抜けで、天井まで届く本棚があった。この書架を作ったのも、この「小林さん」なんだろうか。でも、小林という名前はよくある苗字でもある。

「樋口さん」

後ろから呼びかけられて、はっと驚いて振り返ると、篠井だった。何か、悪いところを見つかったようで、スマホを慌ててポケットにしまう。

「なんですか」

驚いたのと、この間のことがあってこちらが後ろめたかったせいで、ちょっと攻撃的な声が出てしまった。

「いえ、立ち止まっているからなんなのかと思って」

篠井の方がひるんだように尋ねた。

「あ、いいえ。すみません」

「大丈夫ですか」

「もちろんです」

無理矢理、笑顔を作った。

「先ほどはすみません。小田早穂さんの」

「あ、大丈夫です。段ボール箱をお渡ししただけですから。ただ、小田さんの代理の方がちょっと変なことを言ってたんです」

「変なこと?」

「小田さん、あの寮の部屋に何かいるって。なんか、他の人が自分の部屋に入ってきたような気がするって言って、やめたそうですね」

「ああ」

篠井はうなずいた。

「小田さん、ちょっと神経質なところがある方で、あまりここが合わなくて。僕もうまく対処しきれなくて……申し訳ないことをしました」

「そうだったんですか」

「乙葉さんはどうですか」

「え」

篠井に初めて名前で呼ばれて、そちらの方に気を取られてしまった。

「乙葉さんは今の部屋で何か気になることとかありますか?」

「……いえ、別に。特には」

「よかった」

篠井はにっこり笑って、乙葉を見た。

「ここの皆さんが、快適に働いて、過ごされること、それが僕の願いです」

「はあ」

なんだか、「ここの皆さん」と自分をその他大勢に集約されたような気がして、少し悲しかった。

「何かあったら、すぐに僕に言ってください……そうそう、高城瑞樹さんの妹さんからまた連絡がありましたよ」

「え、なんですって?」

「やっぱり、猫のデザインはやめて、ごくシンプルなものにするって」

「ああ」

乙葉は思った。少し残念な気もしたが、その方が高城らしい気もした。

「また、あの部屋に行くんですか？」

「いいえ」

篠井は首を振った。

「もう、あとはデザインをメールでやりとりすることになりました。あの部屋も売却が決まったそうなので」

「決まったんですね」

乙葉の沈んだ顔を見て、篠井は笑って言った。

「この蔵書整理が終わったら、高城瑞樹の本の整理もしなければなりませんよ。乙葉さんや正子さんたちはまた大忙しです」

「すぐに蔵書を展示していいんですか」

「まあ、他の作家さんと同じように、順番が来たら発表するような感じでいいんじゃないかと思っています。あの妹さんもそれに同意してますし。また皆で話し合いましょう」

「はい」

乙葉は小さくあたりを見回すようにしてから尋ねた。

「あの。お掃除の……いつもお掃除をしてくれている小林さんは今どうしているんですか」

「え?」

篠井は乙葉を見た。その顔が硬直しているように見えるのは考えすぎだろうか。

「小林さんは今日はお休みしてますよ。どうしてですか」

「いえ、他の人……黒岩さんや木下さんについてはお休み中、どうするかお聞きしましたけど、小林さんについては改めてお尋ねしなかったな、と思って」

「小林さんには僕が直接聞きました。基本的にはお休みして、週一回だけ掃除に来てくれることになったんです」

「ああ、そうなんですか。では、あとあの」

「なんですか」

篠井に蛾の標本について尋ねようとして、口をつぐんでしまった。

彼に「オーナーについて詮索するのは、あまりよくない結果を招くと思います」と言われたことを不意に思い出したからだ。これ以上、彼の不興を買いたくなかった。

「いえ、なんでもありません」

「そうですか。あ、それでは、これで」

篠井は返事をすると、そそくさと、スタッフルームに入っていった。

＊　＊　＊

僕は篠井弓弦、三十三歳。

オーナーは僕の伯母さんだ。

両親は僕が小学校一年生の時に二人そろって死んだ。交通事故だった。

僕は父方の祖父母に引き取られた。この時、僕の親権を巡って父方母方、双方の祖父母が争った。どちらも僕を引き取ると言って引かず、争いは裁判にまで持ち込まれた。結局、父方が勝ち取って、亡き両親から僕が受け取ることになっていた財産とともに、僕は彼らのもとに送られた。

のちに聞いたことだが、母方の祖父母は、父方の祖父母が僕の親権を持ち、同居することにおおむね同意していたという。その代わり、一ヶ月に一回以上の面会と長い休みの時に遊びに来ることなどを頼んでいただけなのだが、父方の祖父母の「長男の息子は渡せない」という気持ちはとても堅く、その面会でさえも拒まれて、さまざまな行き違いの末、感情的にこじれてしまったらしい。

それほど切望し勝ち取った親権だったが、高齢だった祖父母は、僕が思春期になると持て余し……全寮制の中高一貫校に押し込んだ。そこは山の中にあって、不良少年の更生ができると有名な場所だった。だけど、その実態はほとんど少年院か刑務所だった。まともな親なら絶対に入れないような学校だ。僕は別にぐれたりしていなかったのに、その評判を知らない祖父母に否応なしに突っ込まれた。教師からの暴力や、クラスメイトからのいじめは日常茶飯事で、地獄のような日々だった。

高校に入った頃、父方の祖父母は二人とも死去した。すでに母方の祖父母とも連絡がつかなくなっていた。家に引き取ってくれるような人もなく、両親の遺産から学費と寮費が支払われる、という連絡があっただけだった。

高校二年生の秋、僕は校長室に呼ばれた。そこには校長先生と、中年男性がいた。

「篠井君、こちらは……」

いつもはただただ機嫌が悪く、朝礼で生徒に檄《げき》を飛ばす時だけ生き生きとする校長が揉み手をせんばかりの笑顔で言った。

「弁護士の砂川誠《すながわまこと》さん、あなたのご親戚の依頼でいらっしゃった」

彼は、僕の方を振り返った。テーブルの上にコーヒーが置いてあったが、口を付けていないということはすぐにわかった。彼は僕を見ると、すぐに立ち上がった。身長が百八十センチくらいあって、胸板が厚かった。その身体をつつんでいるスーツが、校長や教員（ほとんどはジャージを着ていたが）が着ているものとはまったく質の違うものだということは、高校生の僕にも一目でわかった。

「君が篠井弓弦君？」

「はい」

すると、彼は校長に向かって言った。

「部屋から出て行ってもらえますか。彼と二人っきりで話したいので」

「え、いや……」

校長はあまりにも驚いたのか、まじまじと彼を見つめた。

「いや、しかし……彼は未成年でもありますし」

「先ほど、私が彼の後見人だという書状は見せましたよね？」

弁護士は頭の悪い人に対するように、噛《か》んで含めるような口調で言った。

「はい」

「あれ、正式なものだとは言いませんでしたか？　今は私の依頼者が彼の親権者ですので、その人から依頼された私が彼の後見人な訳ですが？」

「まあ、そうですが……」

校長はそれでもしばらく、もじもじとその場にいたが、砂川弁護士がじっとその様子を見ていると、仕方なさそうに部屋から出て行った。つまり、校長が校長室を空けたのだ。

「まあ、座ってください」

彼は、どうどうと、今まで校長が座っていた場所を指さした。自分の部屋みたいに。僕は黙って腰掛けた。

「先ほど言った通りだけど、君の親権は、君のお祖父《じい》さん、お祖母さんが亡くなってから、さらに遠縁の人に移っていた。それを私たちが捜し出し、私の依頼人が正式な手続きを経て取り返した」

「そうだったんですか」

「依頼人からの伝言です。そういうわけでお祖父さん、お祖母さんが亡くなってからなかなか迎えに来られなくて申し訳なかった、と」

「はい」

「で、正式に親権者になったので、君を引き取りたいそうです」

「……はい」

返事をしてから、僕は黙って彼の顔を見つめた。

「……何も聞かないのかい？」

しばらく沈黙した後、彼は笑いながら言った。

「例えば、何を聞くんですか？」

「依頼人て誰ですか？　とか、どんな人ですか？　とか」

「依頼人て誰ですか」

「今は言えない」

僕はそのまま、尋ねた。

じゃあ、訊かせるなよ、と僕は思った。

「君にその気があるなら、ここを出て、一緒にその人のところに行くことになっている。少なくともここよりもましな場所だということを保証するし、君が受けたい教育を受けさせてもらえることも保証する。教育を受けたくなかったりその人と合わなかったりしても、二十《はたち》になれば自由になれる」

「はあ」

「行くよね？」

彼はにこやかに言った。

「どうでしょう？」

僕はどうしたらいいのかわからなくて、首をひねった。

「端的に言って、ここはこの世の地獄なんでしょ？」

「なんで知っているんですか？」

「ちょっとネットで検索した。ここの卒業生たちはこの学校をぼろくそに言っていたよ」

「でしょうね」

「迷う理由がわからない。どこに行ってもここよりもマシだと思う」

「でも、あなたが本当に弁護士かわからないし、もしかしたら人身売買の親方かもしれないし、その依頼人がペドフィリアかもしれないし」

ここではほとんどテレビは観られなかったが、昔の上級生が置いていった、古い型のタブレットが代々受け継がれていて、近くにあるラブホテルの微弱なインターネットの電波を捉えることができた。それで僕は世界の都市伝説の動画をよく観ていたのだ。

彼はげらげら笑った。

「君、もう十三歳以上だろう？」

「はい。関係ありますか？」

「ペドフィリアって、十三歳以下の子供を相手にすることだろう？」

「はい。だけど、若く見えるとは言われますし……依頼人さんは、ペドフィリアでなくても、いわゆるショタコンというのですか？　そういうのかもしれませんし」

「天気はいいし」と言って、彼は外を見た。実際、天気は良く、真っ青な空の下、ジャージを着てだらだらと運動する生徒たちが見えた。

「時間は限られている。君とペドフィリアのなんたるかについてなんて、語り合いたくないんだよ……仕方ないな」

そう言って彼はスマートフォンを出し、何かを検索して、ネットの映像を僕に見せた。そこにはマスコミにもみくちゃにされる外国人と、その人をかばうように付き従って車に乗せる彼が映っていた。

「この人、知ってる？　ほら、ジャパン電機の社長の」

少し前に脱税を疑われて捕まった有名な外国人社長の名前を言った。

「彼の弁護士が僕。日本では割に有名弁護士」

「ふーん」

「顧客も選ぶ。金だけでは動かないって有名なんだよ」

「金でなかったら、何で動くんですか」

「まずはここ」と言って、彼は自分の心臓のあたりを叩いた。「心だよね。自分が納得いく案件でなくてはね。あとは今後の自分のためになる仕事、成長できる仕事」

「ジャパン電機社長の巨額脱税事件があなたを成長させてくれる仕事だったんですか」

「まあ、あれにはいろいろあるんだよ。とにかく、僕にも一応、信用はあるし、信頼できないような人に君を渡したりはしないよ」

「わかりました」

「わかりましたって何が？」

「あなたと行きます」

「これは、また、急だね」

「だって、本当にここよりも悪いところないし」

彼はまた笑った。


数十分後には、僕は彼と一緒に成田空港に向かっていた。ほとんど身一つで。彼は僕が一緒に行くことを承諾すると、すぐに校長を呼び戻した。

「じゃあ、私たちはこれで失礼します。彼の荷物はまとめて、私の弁護士事務所に送っておいてください」

これには僕も校長も驚き、「え」と聞き返した。

「どうせ、たいした荷物はないでしょ」

人を使い慣れている人の快活な声だった。

「じゃあ、行こうか。車を待たせてある」

「いえ、でも……まだ二学期の半ばですし。他の生徒も驚きます、いや、悲しみます」と校長が焦ったように言った。

　すると、砂川は僕の方を見た。

「誰か、お別れの挨拶したい子とか、いる？」

　僕は首を振った。僕たちのクラスはひどく荒れていて（というか、学校全体が荒れていたが）、誰が次のいじめの標的になるか、毎日、怯《おび》えながら学校生活を送っていたし、お互い疑心暗鬼になっていた。仲のいい友達なんか一人もいなかった。

「じゃあ、篠井君は退学ということにしておいてください。かまわないから」

　まだ、ごちゃごちゃ言っている校長を尻目に、砂川はさっさと僕を車に乗せた。タクシーではない、黒塗りの車だった。

　車の中で、また、彼から少し話を聞いた。

「僕が言うのもなんだけど、依頼人は君を捜し出して親権を取るまでに、そこそこの犠牲とお金を払った。時間もかけたし、人に恩も売った。それから危険もあった」

「お金そんなにかかったんですか？　僕一人に？」

「もちろん。そこらの」

　と彼は街道沿いにあるマンションを指さした。

「マンション一戸分くらいのお金は使ったと思う」

「それはあなたに払うお金も含めて？」

　彼はちょっと苦笑いして、うん、とうなずいた。

「だからなんですか」

「別に。ただ、そういうことはきっと君の依頼人は言わないから、一応、伝えておきたかった」

その時、僕は緊張し始めたことを覚えている。そのお金に見合うようなことを、自分ができるのか、その人を後悔させないのか、見当がつかなかったからだ。

三時間ほどで成田に着いて、彼は近くのホテルの日本料理店の個室に僕を連れて行った。個室のドアを砂川が開くと、窓際に女性が立っていて、外を見ていた。そこからは成田を出たり入ったりする飛行機がよく見えた。

「お連れしましたよ」

彼女は振り返った。母によく似た五十代半ばの女の人だった。

「久しぶり。私のこと、覚えてる？」

彼女がそう言った時、僕はほんの少し泣きそうになった。やっぱり、不安だったんだと思う。なぜ、僕を引き取ろうという親戚が伯母で、そのことを彼らが隠したのか、まだわからなかった。それを教えてくれていたら、あれほど不安な気持ちで、車に乗っていなかっただろう。

伯母は、母と十二も歳の離れた姉だった。両親が死ぬまでは一年に一度くらいは会っていた。伯母は独身で東京に住んでいると聞かされていた。会った時は必ず、なんでも好きなものを買ってくれた。確か、最後に会ったのは両親の葬式だった。

「なんで」

いろんな意味を込めた、なんで、だった。

なんで、伯母だと教えてくれなかったの？　なんで、今になって現れたの？　なんで？

なんで？

しかし、伯母は僕の姿を見ると、首をひねって砂川を見た。

「この服しかないの？」

彼はうなずいた。僕は学校の制服……白い半袖シャツに黒のズボンをはいていた。

「じゃあ、適当に空港の店か、ホテルの売店で服を買ってきてくれる？　この格好じゃ、シンガポールには行けないわ。そうねえ、Tシャツとジーンズでいいから。あと、下着も数枚」

シンガポールに行くの？　これから？

僕はあまりにも驚いて、何も言えなかった。涙も引っ込んでしまった。

砂川は顔をしかめた。

「……そういう使い走りはしたことがないんだけど。一応、日本で一番有名な弁護士なんだけど」

「じゃあ、あなたの事務所の若い人にやってもらえば？」

「あいにく来てない。あまりたくさんの人は関わらせられない案件なもんでね」

「じゃあ、あなた、お願い。私はこの子と話すことがある」

伯母はテーブルの上に載っていた、えんじ色の革のハンドバッグを開いて、財布を出し、砂川に数枚の札を無造作に渡した。仕方なく彼は僕に服のサイズを聞いて、出て行った。

「ごめんね」

彼が出て行くと、それまでの、どこか威張った感じの雰囲気は消えて、彼女は素直に謝った。

「久しぶりだから驚いたよね。でも、これにはいろいろ理由があるし、それは今すぐには話せない。今後、少しずつ説明する。あと、さっきも言ったけど、あなたはこれからシンガポールに行くことになる」

「どうしてですか？」

「今、私が住んでいるところだから」

「シンガポールに住んでるの？」

「悪くない場所だよ。安全だし、ご飯はおいしいし、のんびりしている」

「……僕はシンガポールでどうするんですか？」

「どうしてもいい。そこで学校ややりたいことを探したらどうかしら。あなたが良ければ」

「英語話せないし」

「大丈夫、私もそんなに話せない」

「え」

「どう思う？　高校のこと」

「今、急に言われたんで」

「そうよね。じゃあ、しばらくシンガポールで考えればいい」

「でも、そうしたら、二学期はどうなりますか」

「一年や二年、ぶらぶらしても、人生なんとかなる」

そんな話をしているうちに砂川が戻ってきて、僕は彼が選んだTシャツとデニムに着替えさせられた。今まで着ていたものはすべてその部屋のゴミ箱に捨てた。思っていた以上にせいせいした。そして、彼らが手配していた航空券とパスポートでそのままシンガポールに向かった。

伯母が言った通り、シンガポールはすごくいい場所だった。

彼女の知り合いが貸してくれる、オーチャードロードのキッチン付きのホテル、サービスアパートメントに住んだ。毎日動物園や植物園に行ったり、知り合いの日本人が経営しているカフェの手伝いをしたり、ほんの少しだけ英語学校に通ったりして過ごした。カフェではお給料はもらえなかった。ビザの関係で働くことはできなかったからだ。ただ、お昼ご飯を食べさせてもらって、高級なコーヒー豆をお土産にもらったりした。

僕が進んで学校に行きたがらないことに気づくと、伯母はシンガポールの紀伊國屋書店に連れて行ってくれた。そこで日本の本をたくさん買ってくれた。

「本を読めばたいていのことは学べる。学校に行かないなら、週に一冊読んで、その内容を日曜日の夕食で私に話すこと」

伯母も本が好きだった。暇な時はいつでも本を手にしていたし、本だけは好きなだけ買ってくれた。

しかし、数日すると、伯母は僕が本をほとんど読んでいないことに気がついた。

「どうして読まないの？」

伯母は不思議そうに尋ねた。

「……おもしろくないし……」

「今までどんな本を読んできたの？」

僕は首をひねった。

「なんでもいいから、何冊か挙げてみて？」

それでも僕は答えられなかった。

「じゃあ、小説。何か物語は読んだことがある？」

「『走れメロス』」

「あれは、学校の教科書に入っているのよね？」

「『注文の多い料理店』」

「それも教科書よね？」

今度は伯母が何冊かの本の名前を挙げた。

「『トムは真夜中の庭で』は？」「『ファーブル昆虫記』は？」「『赤毛のアン』は？」「『シャーロック・ホームズの冒険』は？　いえ、なんでもいいから、シャーロックシリーズは？」

しばらくして、彼女はため息をついた。

「本を読んだことないのね？　読む習慣がないのね？」

「そうだね」

　小学校一年生で両親と離れてから、僕に本を読め、という人は誰もいなかった。

　その夜から伯母は食事が終わった後、一時間ずつ、二人でソファに座って、本を読む時間をとった。でも、どうしても楽しめなかった。僕は読書に集中できず、文章を読んでも喜びというものを感じられなかった。すぐに気が散って、本から顔を上げ、ぼんやりと部屋の中を見回した。

　僕の様子を見た伯母は、今度はソファに座ったまま、僕に本を読んでくれるようになった。最初は『エルマーの冒険』から。

　冒頭部分の、猫に声をかけられてエルマーが船に乗り込むところまで読んで、伯母は本を閉じた。

「で、どうしたの？」

　僕は思わず、尋ねた。

「何が？」

「エルマーは船でどこまで行けたの？　誰にも見つからなかったの？」

　すると、伯母はもう少し先まで読んでくれた。

　それから、寝る前に一時間ずつ、本を読んでもらうようになった。僕はやっと物語の楽しさがわかってきた。

とにかく、先が知りたいのだ。エルマーが竜に会うことができるのか、ジャングルの中で他の獰猛《どうもう》な動物たちに見つからずに逃げることができるのか……。

数日後、僕は、伯母が出かけている昼間、自分で本を広げて、その続きを読むようになった。

それから、エルマーシリーズをすべて読み、『シャーロック・ホームズの冒険』を読み、日本の現代の小説も読むようになり……やっと読書の習慣を身につけることができた。

シンガポールに行って、三ヶ月ほど経ったある朝、伯母はパソコンを見ながら、「ねえ、次はヨーロッパに行かない？　イタリアとか」と言った。

「イタリア？」

「パリでもいいわよ」

僕はコーヒーを淹れながら尋ねた。僕自身はコーヒーがあまり好きではなかったが、淹れ方はカフェの人に習った。伯母が「うまい、うまい」と褒めてくれるので、それだけが僕が家でしなければならない仕事になった。

正直、ヨーロッパにはぜんぜん行きたくなかった。シンガポールの南国の空気が気に入っていたし、カフェで一緒にアルバイトしている、日本から来た女の子がちょっと好きにもなっていた。彼女に英語を習って、休みのたびにカトンやブギスを案内してもらっていた。

「あなたが高校に行くなら、しばらくここにいてもいいかな、と思っていたんだけど、そうじゃないなら出国したいのよね」

伯母は真面目な顔で言った。

「きっと、すごく気に入ると思う。イタリアだったら田舎で、農家の人がやってるホテルか民泊に泊まりましょう。ご飯がおいしいの」

来年にはまた、ここに戻ってくるから、と言われて、僕はしぶしぶ承諾した。

イタリアもまた素晴らしかった。僕はやっぱり無給で近くのブドウ畑の手伝いをしたり、イタリア語学校に少しだけ通ったり、農家の人に車の運転の仕方を習ったりした。

伯母は英語よりイタリア語が堪能で、僕にも教えてくれた。若い頃、イタリアの美術大学に少し通ったことがあるらしい。

しかし、また、三ヶ月ほど経つと、伯母が言った。

「ねえ、次はカンボジアに行かない？　アンコールワットで歴史と美術の勉強をしましょ」

そうして彼女と世界中を旅しているうちにわかったのだが、伯母は「永遠の旅人」と呼ばれる人種だった。ほとんどの国では半年以上の居住で税金の支払い義務が生まれる。その制度を逆に利用して、ビザなしで滞在できる国を半年以内で移動し、家や居場所を持たないことによって、合法的に一切の税金を払わない人だったのだ。

ただ、僕と伯母が出会った頃だろうか、そういった「永遠の旅人」たちへの税金の支払いを義務化する制度が世界的な規模でできあがりつつあった。そのため、追及は厳しくなり、日本などで納税義務が発生する可能性もあった。そのため、伯母は極力、人に知られることなく、日本に出入国する必要があり、必要最低限の人にしか、居場所を知らせられなかった。

「でも、あなたが高校に通いたい、と言ったら、どこかで定住することを考えていた。それは本当」

自分の生き方について説明してくれた時、彼女はそう言った。

「だけど、高校に行く気がないみたいだったから」

「これ幸いと利用した？」

「はははは。ばれたか」

しかし、その言葉は思いがけないところで真実とわかることになった。

伯母とは数年間、世界中をぐるぐると回った。ハワイにもパリにも、タイにもインドにも行った。ロンドンでは映画にも出てくる五つ星ホテルに長期滞在したし、マラッカの一泊千円のドミトリーに泊まったこともあった。でも、ほとんどは、知り合いの別荘や民泊に住んだ。

気がついたら、僕の方が英語がうまくなっていて、次に行く場所をこちらから提案したりした。

転機は僕が二十歳になる少し前にやってきた。ある朝、急にベッドから起き上がれなくなったのだ。

「きっと、今までの疲れが出たんだね」と伯母は言って笑った。

当時、僕らはハワイ島に住んでいた。

手伝っているコーヒー農園に僕が一日休むと伯母が電話をかけてくれた。伯母が「今日、ユヅは具合が悪いのよ。そういうの、日本語では鬼の霍乱《かくらん》と言うの」とどこか楽しそうに告げている声を、ベッドの中で聞いたことを今でもよく覚えている。

しかし、次の日も朝起きられなかった。その次の日も、次の日も。

「いったい、どうしたのかしらね？　一応、病院に行ってみる？」

最初はまったく心配していなかった伯母の顔色がだんだん悪くなってきた。

熱もないし、咳も出ない。だけど、身体がだるくてだるくて、起き上がることができないのだった。なんだか、ずっと船酔いしているみたいだった。その前年に僕らは豪華客船に一ヶ月ほど乗っていたから、船酔いの感覚はわかる。

いや、吐き気やめまいはない。だけど、あの、気分が悪くても船から下りられない、絶望的なあの感じと似ていた。精神的な船酔いというか。

近所の人の車を借りて、島の総合病院に行った。診断はすぐに出た。軽いうつ病。

「どうしたらいいのかしら」

これまで、ほとんど慌てたり、焦ったりしたことがなかった伯母が、帰りの車の中で初めて、おろおろした声を出した。

「寝てたら治るよ。薬ももらったし」

僕の方が落ち着いていた。

だけど、そうもいかなかった。それから一ヶ月ほど、僕は部屋にこもり続けた。

伯母は僕をオアフ島に連れて行き、ハワイで一番大きな、評判のいい病院で診察を受けた。

結果、長い療養生活に入ることになった。日本語ができる、腕のいい精神科医と精神分析医も見つけた。

僕の病気は、やはり、小一の時に親が亡くなり、親戚が争って、あの学校に入れられ、毎日、神経をすり減らしたことが原因のようだ。

「私のせいかしら。私が世界中を引っ張り回したから」

伯母はそう言って少し泣いた。

「違うと思う。それに、たとえ病気になったとしても、楽しかったから別にかまわない」と僕は答えた。

「かまうわよ」

「それより、そろそろアメリカから出ないといけないんじゃないの？」

「永遠の旅人」である伯母の期限が迫っていた。

「あなたは何も心配しなくていい」

僕がそのことを問いただすと、彼女はそう答えた。

「あなたと暮らしてわかった。私はあなたのことが世界で一番大切。だから、何も気にしなくていい。私は書類とかは苦手だけど、むずかしいことは全部、砂川がやってくれる」

「でも、お金がかかるでしょう」

「お金で解決できることほど、楽なことはない」

伯母はあちこち連絡して、しばらくハワイに住めるようにした。納税は当然のことながら、ビザや通院費、莫大なカウンセリング料、いろいろ大変だったはずだ。だけど、伯母はその時、すべてをなげうって、僕を治してくれた。

カウンセリングには伯母も通った。それもまた、精神分析医が僕らに要求したことだった。僕の病気は、僕一人の問題ではなく、長年に渡る、僕ら親族のことが関係している、と診断されたのだ。彼女はそれも承諾し、僕とは別の時間に、同じ精神分析医にいろいろなことを相談し、話したようだった。

一年ほどして、僕は普通に外を歩けるようになった。外出できるようになった日は、二人でハレクラニの朝食を食べに行った。海を見ながら伯母は言った。

「やっぱり、あなたは、私の妹からの最高の贈り物だった」

「そう?」

「おかげで私の精神まで健康になれた」

治療が終わってからも、僕らはしばらくオアフ島で暮らした。伯母はどこかに移ることでまた、僕の病気がぶり返すことを恐れているようだった。

そして、ある朝、コーヒーを淹れながら、僕は言った。

「やっぱり、どこかの学校……できたら大学で学びたいと思う」

伯母はゆっくり微笑みが顔に広がるような笑い方で笑った。

「いいんじゃない?」

きっと彼女は僕がそう言い出すのを待っていたのだという気がした。

「あと」

次のことを言うのは、大学に通うことより勇気がいった。

「あなたの子供になりたい。親子になりたいんだ」

二十になった時、伯母が持つ僕の親権は終わっていた。

伯母は首を振った。

「ありがたいお話だけど、あなたのお父さんの篠井の苗字は残さないと。きっとそれを妹たちも望んでいると思うの。それにもう親子みたいなものじゃないの」

これだけは頑として、伯母は譲らなかった。だから、僕は伯母の養子にはなっていないけど、自分の親だと思っているし、そのように振る舞っている。これは逆に僕が譲らないことだ。

一人で日本に戻って、高卒認定試験を受けた。そして、フィリピンで英語をやり直し、アメリカの大学に通った。費用はもちろん、伯母が出してくれた。

伯母と僕の世界旅行はここで本当に終わった。彼女はまた、旅行に出た。二度と、一緒に暮らすことはなかった。彼女は相変わらず、一人で旅行を続け、時々、連絡を取り合った。

しかし、五年前、伯母が宣言した。

「私、日本に戻ろうと思う」

少し前から、伯母たち「永遠の旅人」への規制はさらに厳しくなっていた。そう簡単に税金をまったく払わずに生きていけなくなった。

「それもあるけど、そろそろ、旅にも飽きた。下駄履きで立ち食い蕎麦《そば》を食べられるような場所に住みたくなった。それにやってみたいことも見つかった」

僕はその頃、大学を卒業して、東京のＩＴ関係企業に勤めていた。

伯母のやりたいこと、というのが「夜の図書館」だった。伯母は美術の勉強を通して、過去というものを保存することに、大きな意味を見出《みいだ》していた。

「ねえ、過去より今の方が進化しているなんて、あまりに思い上がりよ。工業や科学、化学《ばけがく》なんかならともかく、美術芸術文学の上で、進化し続けているものなんてない」

彼女はその話を、アカデミア美術館のダビデ像の前でした。

「たぶん、これと同じものは、今は作れない。模写という意味ではなくてね」

「ふーん」

「だから、私は過去を封じ込めようと思う」

僕は「夜の図書館」の構想を聞き、すぐに言った。

「それ、僕にもやらせてくれない？」

その話に何かピンと来るものがあった。伯母がそれに命をかける理由もおぼろげながらわかる気がした。これまで彼女がしてくれたことへの恩返しになるだろうということも。

僕の返事を聞いて、伯母はうなずいた。やっぱり、徐々に笑みが顔の中央から端に広がっていくような笑い方で。

たぶん、僕がそう言い出すとわかっていたのだろう。

＊　＊　＊

「お休み、どう過ごすか決まりましたか？」

乙葉は図書館が休館になって二回目の休日、『赤毛のアン』のドラマの後、尋ねた。みなみがさっと正子と亜子の顔を見た。特に意識したわけではないと思うが、正子は伏し目がちになり、亜子は目をそらした。

「……私はまず親に来てもらおうと思ってるんですけど……」

乙葉は他の人のことにはあまり関心がなく、二人の様子を気にせずに続けた。正直言って、自分の話を聞いてもらいたくて始めた会話だった。

「あらっ。いいじゃない」

その言葉を聞いて、正子がすぐに顔を上げて言った。

「もう、お誘いしたの？」

乙葉は亜子が焼いてきてくれたピザに手を伸ばしながら、うなずいた。亜子は最近、集まる時はカレーやピザ、キッシュなど、若い女子が喜ぶようなものを必ず作ってきてくれるようになっていた。

「親たちも仕事しているので、土日にしか来られませんが」

「もう行くところ決めたの？」

「それが困ってるんですよねえ。行きたいところを言ってって頼んでるんですけど、どこでもいいって言うんです。そう言われてもね……上野動物園とか東京タワーとか六本木ヒルズとか、全部、ここから遠いじゃないですか。このあたりの山とか畑とか見たら、地元とあんまり違わないねって、また、がっかりさせそうで」

「……それはね、あなたと一緒なら、『どこでもいい』っていうことよ」

亜子がアイスティーを注いでくれながら笑った。これもまた、彼女が作ってきてくれたものだった。香り高くて、ほんの少し爽やかなミントの匂いがする。ここの小さなベランダで、ペパーミントを育てているらしい。

「親ってそういうものよ。どこか特別な場所に行きたいんじゃないの。あなたの顔を見て、話せればそれでいいのよ」

「いや、うちの親、そんなに甘くないんですよ！　就職のこととか、平気でずけずけ言うし、私のことなんてぜんぜん認めてくれてないし。今回もきっとお説教されるに決まってる」

乙葉は顔をしかめた。

「そんなことないわよ。寮の部屋を見て、図書館を見られればいいんじゃないかしら。どんなところで働いているのか、心配していらっしゃるんでしょ？」

正子も同意した。

乙葉の就職に伴う両親の反対などは、皆に一通り話してあった。

「そうですかあ？」

「そうよ、そうよ。部屋に泊めて、駅前の商店街で買い物でもして……できたら、図書館の中も見られるようにしてもらったらいいんじゃないかしらね？」

「あ。でも、休みだから」

「鍵をその日だけ貸してもらったら……？」

「そんなことできますか？　きっと、休みの間、鍵は篠井さんが持ってますよね」

「篠井さん、ここから自転車でちょっとのところに住んでいるから、相談してみたら？　鍵を取りに行って、半日くらいで返しに行くって言えば、大丈夫よ、きっと」

「考えてみます」

乙葉は仕方ない、というようにうなずいてみせたが、亜子たちが言うことには一理あるかも、と思い始めていた。それに、そのコースならあまりお金もかからない。親と会ったあとは、セブ島への短期留学も考えていたが、資料を取り寄せただけでまだ迷っていた。

「お部屋に泊まってもらうなら、うちの布団とかも貸すから言ってよ」

正子が申し出た。

「え、正子さんは大丈夫なんですか？」

「ええ。私はちょっと旅行に行くつもりだから」

「えー、いいですね。お一人ですか？」

みなみが声を上げたあと、ちょっと気まずそうな顔をする。どうということもない質問だが、正子のプライバシーに踏み込んでしまったことに気がついたのだろう。

「そうよ」

正子はみなみの心配を笑い飛ばすように、明るく答えた。

「温泉に行こうと思うの」

「温泉三昧《ざんまい》ですかー。優雅ですね」

「そんな優雅じゃないの。山奥の小さな宿よ。部屋も四畳半くらいの和室で、布団とテレビくらいしかないところ。昔は湯治に使われていて共同の台所もあって、自炊もできるの。素泊まりなら一泊五千円以下なのよ」

「昔はそういうお宿、結構あったわよねえ」

亜子もうなずいた。

「でも、おさんどんするのも面倒だから、簡単な食事を付けてもらうつもり。ネットもスマホもほとんど通じないところなんだって」

「え。そんなとこに行って何をするんですか?」

乙葉は思わず、尋ねた。

「……それはもちろん、読書三昧よ。これまで読んでいなかった本をもちこんでまとめて読み尽くそうと思うの」

皆が「いいですねえ」「優雅だわねえ」「正子さんらしい」などと声を上げているのを、正子は微笑みながら見ていた。そして、そういう賞賛の声が止むと、小さくささやいた。

「そこで見極めようと思うの」

「え。何をですか？」

しかし、それ以上は答えなかった。

「ひみつ」

謎めいた微笑みだけが残った。

「亜子さんは？」

みなみが尋ねた。

「あたしはね、家を処分してこようと思ってる」

「え」

乙葉とみなみが驚いて声を上げた。正子は声を出さなかったが、亜子の顔をまじまじと見つめた。

「ずっと、迷っていたんだ。田舎の家……というか店ね。小さな小さな書店をどうしようか。ネット書店が増えてからぜんぜん本が売れなくなって、もうずっと閉めていたけど、売ったり、中を整理したりする気になかなかならなくて」

「……いいの？」

正子が亜子の顔をのぞき込んだ。

「うん。決めた。何もない場所だし、小さくて古いけど、一応、駅前のロータリーのところだから売って欲しいと言う人が現れたの。コンビニにするんだって。金額も悪くないの。あたしが……」

亜子は一度、唇を舐めた。

「売ったお金を家族で分けても、ちょっとした老後の蓄えにはなる程度だけどね」

「ご家族も賛成しているんですか？」

亜子の家族について一度も聞いたことがなかった、と乙葉は気がついた。

「どうだろ？　わからない。というか、むしろ、その店をどうしたいとか、きっと何も考えてないの。ただ、決めているのはあそこにもう戻って来ないということだけ。だからいいの。むしろ、そうしてあげたらきっと喜ぶ」

主語がわからない話をしていた。だけど、それを聞き返すこともできなかった。

「亜子さんがいいならいいんですけど……」

「売ってお金を振り込んであげたら、きっと彼女のためになる。今はその口座くらいしか、あの子とつながっているところはないしね」

自分に言い聞かせるような口調だった。

「あの子？　ですか？」

そこまで聞いて知らん顔はできなくなって、乙葉は尋ねた。

「うん。娘」

「お嬢さん、いたんですか」

「うん。今、たぶん、関西の方で働いてる。はず。もしかしたら結婚もしているかもね。そうだったら嬉しい。いえ、結婚していてほしいと言うんじゃなくて、だれか、そういう一緒にいてくれる人がいて幸せでいてくれたら嬉しい」

亜子は自分で自分の言葉にうなずいた。

「大丈夫ですか、亜子さん？」

みなみが心配そうに問う。

「大丈夫。娘とあたしがね、うまくいかなくなったのはあたしが悪いの。全部、あたしが悪いの。あの子に期待をかけ過ぎてしまった。主人は娘が小さい時に死んで、それからああしてほしい、こうしてほしいって言い過ぎた。ずっと近くにいてほしい、高校も大学も近くでね、就職もうちの店を継いで、できたらお婿さんをもらって……そんなに強く言っているつもりはなかったの。願望をなんとなく話しているだけのつもりだった。だけど、娘には重荷になっていたみたい。あの子はあたしの言葉でがんじがらめになって、気がついたら、大学は東京に行く、って言って家を出て行ってしまった。それから会ってない。従姉妹《いとこ》とは連絡が取れていて、生きてることだけはわかってる。だけどあたしとは話したくないんだって」

「そういうことだったんですか」

「銀行口座はね、うちを手伝ってもらう時、アルバイト料を振り込んであげるね、貯めておいて、結婚する時、結婚資金にしなさいねって言って作ってあげたから、番号はわかっているの。あそこに振り込むことが今はあの子とあたしの唯一のつながり」

皆、黙ってしまった。

「……いいんだ。ここで、仕事をまだ続けられて、あたしとてもありがたいの。そしたら、決心がついた。あの店を売って、娘を解放してあげようって」

みなみが自分を泣きそうな目で見つめているのに気がついたのか、亜子は言った。

「それにね、みなみさんや乙葉さんと過ごして、あたし思ったの。働いている若い人たち、皆しっかりしていて、優しくて幸せそうで。きっとうちの娘も同じように生きてるはず。だからあたしも一人で生きていこうって。皆のおかげよ」

本当だろうか、と乙葉は思う。

もちろん、本心だろうけど、本当は少しだけ期待しているのではないか。大金を振り込んだら、娘さんから連絡がくること。

いや、そうなってほしいとも思ったし、そういうわずかな望みを繋いでいる亜子が気の毒にもなった。一方で、親子のことは、彼らにしかわからない、とも。自分たちとはうまくやっている亜子が、娘にとっては一緒にいるのも嫌な人なのかもしれない。

人はそれぞれ相手によって顔を変える。

「……あたし、言おうかどうか迷っていたんですけど」

みなみがおそるおそるという感じに声を出した。

「実は、皆には言わないでおこうと思っていたんですけど」

「何？」正子が尋ねる。「衝撃の告白？」

重たい雰囲気を和ませようとしているのか、わざと大げさな言葉を使ったみたいだった。

「違いますよ……というか、ちょっとそうかも。この休みに……ちょっと東京で面接を受けて来ようかと思っています……」

みなみの声はだんだんに小さくなった。

「えー。面接って就職の面接ですか」

乙葉が尋ねる。

「そう。黙っていようと思ってたんだけど」

みなみは亜子の方を見る。

「亜子さんが衝撃の告白するから、なんか、言いたくなっちゃった」

「あら。あたしのせい？」

亜子はいつものどこかのんびりした調子に戻っていた。

「どうしてですか！　みなみさん、いつも楽しそうにしてたのに」

乙葉は驚きすぎて声がどうしても大きくなってしまう。

「……この仕事に不満があるわけじゃないの。むしろ、逆。楽しいし、皆、いい人だし……でも、あたし、本当はそんなに本が好きじゃないかもしれない、と思って。皆さんみたいに、本とか小説とかに情熱を向けられないの。だったら、この仕事は他の人に譲った方がいいかと思って」

「そんなあ」

「書籍や小説を愛している人だけが図書館員じゃなくてもいいと思いますよ」

正子が静かに言った。

「むしろ、そのあたりのことを冷静に判断できる人も図書館には必要ですよ」

「ありがとうございます」

みなみは軽くお辞儀をした。

「だけど、他の職場……普通の会社員？　オフィスの仕事も一度はやってみたいと思ったんです。大学を卒業してから、図書館で働いて、いつもちょっと古い本ばかりを相手にしてきて。なんだか、本というものをもう少し、外から見てみたくなった」

「なるほど」

乙葉にとってはものすごくショックな話だし、みなみがいなくなったら同じ年頃の人がいなくなってしまうのも不安だった。だけど、応援してあげたいとも思った。

「まだ、わかんないよ。だって、どこも落ちるかもしれないし。っていうか、その可能性の方が高いし。面接受けてみて、やっぱり、こっちの方がいいってなるかもしれないし」

みなみはそう続けたが、乙葉にはもう彼女が気持ちをほぼ決めているように見えた。

その日、部屋に戻って気がついた。

小田早穂のことやコバヤシコウコのことを話し忘れたことに。

＊　＊　＊

伯母の資産がどこから生み出されたのかという秘密を打ち明けられたのも、オアフ島での休養期間の頃だった。

　彼女は若い頃、イタリアのボローニャで美術の勉強をしていたのだが、大学に入る前、一時期、地元の語学学校に通っていた。そこにはさまざまな国から来た人たちがいて、中にアラブから来た集団がいた。

　彼らは王の親族と噂される男と、その取り巻き兼ボディーガードたちだった。いつも五、六人でまとまって行動していた。

　彼らはとても横暴で、我が物顔に徒党を組んで語学学校内を歩いていた。特にその王の親族である一番のボスは皆に忌《い》み嫌われていた。クラスの中を見回しながら「こいつら全員が一生のうちに稼ぐ金より、自分が一年に使う金の方が多いだろうな」とか、「イタリア語を勉強して、イタリア女を四番目の妻にして連れて帰るんだ」などと言うから、先生にも嫌われて、彼の少しつっかえるような発音をわざと何度も何度もやり直させられたりしていた。

　しかし、伯母はある日、その中の一人が学食で困っているのを見て、助けてあげた。

「確か、クレジットカードの不具合で支払いができなかったから、現金を貸してあげたの。嫌われていたから、彼が困っているのを見ても、皆、知らん顔して助けてあげなかったのよね」

　彼はその集団の中では一番若く、一番おとなしそうだ、と伯母は前から気がついていた。クラスで白眼視されている時、彼だけがどこか悲しそうな顔をしていることにも。

　彼はお礼に、伯母を食事に連れて行ってくれた。もちろん、他の取り巻きたちはなしで。

彼はイタリア語は下手だったが、きれいな英語を話した。子供の頃はイギリスの学校に留学していた、と語った。彼は王族の警護の合間に伯母を誘った。数ヶ月の語学学校のカリキュラムのうちに、伯母とその人は付き合うようになった。

伯母は当時、日本の大学を出た後、何年か普通のOLをし、そのあと留学に来ていたから、すでに三十だった。彼の方はまだ母国の大学を卒業したばかりでずっと年下だった。

「日本人は若く見えるから、まったく気がつかなかったみたい」

語学学校の修了日、彼は伯母にプロポーズした。そして、驚いたことに、王の親族はあの威張っている嫌な男ではなく、彼自身だということも告白した。この留学は大学を卒業したお祝いの旅の一環で、母国に帰れば、政府で重い役割を担うと決まっていることも。

「驚きだよね。警備上の理由でずっと警備員の振りをしていたんだって。あと、王の親族だとわかると人の態度が変わるから、そういうことを抜きにしていろいろな人とふれあいたかったらしい。仕事が始まれば、もうほとんど国外には出られないって決まっていたし」

彼のことは嫌いではなかったが、伯母は断った。伯母にはこれからイタリアの大学に通うという目的があったし、彼の二番目の妻（彼はすでに既婚者で一人目の妻は幼い頃からの許嫁《いいなずけ》だった）になるのも嫌だった。さらに、彼の取り巻きが、国に伯母のことを報告したところ、彼の親からも大反対された。まあ、かなり年上の日本人を連れて帰るとなったら、普通は反対されるだろう。

彼は悲しんだが、仕方がなかった。彼は母国に帰り、伯母はイタリアに残った。

その後も、海外にはもうほとんど行けなくなった彼に代わって、伯母は何度か彼に会いに行った。そのたびに、彼は伯母に「お手当」を出した。まるで通いの愛人のようで気が進まなかったが、彼にとってはほんのはした金だし、他にあげるものもない、と悲しそうな顔で言われると、受け取るしかなかった。彼は自分からプロポーズしたのに、自分の両親が伯母を拒否したことをとても申し訳なく思い、責任を感じていたらしい。

そうして通ううちに、彼の妻は一人二人と増えた。それもまた、彼らの世界では、政略として仕方のないことらしかった。それが本当に必要なことなのか、ただ単に彼が女好きなだけなのかは伯母にはわからなかった。でも、彼は妻が増えるたびに、伯母に大金を渡した。

彼の妻が三人になった時、彼はもう一度、伯母にプロポーズした。彼は三十に、伯母はそろそろ四十に手が届きそうになっていた。今、結婚しなければ、これ以上、妻は持てないし、これが結婚の最後のチャンスだと言われた。彼はすでに八人の子供がいる、一家の長になっていた。

「まあ、そんなところにのこのこ入る気もないし、妻になったらたぶん、あの国から出ることはできなくなるし」

宗教の問題もあった。結婚するなら改宗し、頭の先から足まで覆う服を着て、彼が用意した家に閉じこもることになる。ほとんど知り合いのいない国で。伯母は決してイスラム教を否定するわけではないが、どのような形でも神がいるとは思えない、無神論者の一人だった。

伯母は再度、彼のプロポーズを断った。

彼が最後に四人目の妻を迎える時、また多額の金を伯母に渡した。伯母は一生遊んで暮らせるほどの金を手に入れた。また、母国で金融関係の要職についていた彼は投資にも明るく、伯母に「永遠の旅人」の知恵と、いくつかの投資を教えた。

その頃と前後して、伯母と彼の男女としての関係も終わったようだ。

彼はさらに出世して政府の大臣の一人となり、一族の長となり、多忙を極めた。東洋から来たわけのわからない女と気軽に会うようなこともだんだんできなくなっていた。

伯母も世界を転々とする生活が身についてきていた。彼と伯母はもう十年以上、直接は会っていないはずだ。

彼は今でも伯母を自分のアドバイザーとして雇い、時々、スカイプを使って話している。それだけで、たぶん、かなりの金が支払われているはずだ。さらに、この「夜の図書館」に、支援者として関わっている。

彼は今でも伯母を愛しているし、精神的支柱として頼りに思っているのだろうと思う。「夜の図書館」で盗難が頻発し、おかしな人間が現れた時、伯母を心配して黒岩さんをよこしたのは彼だ。日本のセキュリティー会社に依頼して、元警官の適任者を探してもらったらしい。あの弁護士の砂川を伯母に付けているのも彼だ。

東京の郊外に建つ、今は使われていない図書館を見つけ、少しずつ改築していったのだが、その過程で仲介に入った年配の不動産業者にストーカーまがいの行為をされ、ひどく怖い思いもした。人の悪意や執着に晒されるたびに、伯母は疲弊していった。

さらに、伯母も歳を取った。

僕と知り合った頃と少し変わったな、と思うのは彼女が偏屈になり、人との関わりをほとんど絶つようになったことだ。もともとそういう気質のある人だったが、年齢を重ね、苦労を重ねるごとに顕著になった。

僕とくらいしか直接、人とは話さない。

スカイプなどを使って図書館員候補者たちの面接をしたあとなどは、数日寝込んでいる。

「他人と話すととても疲れる」と彼女は言う。「生の感情や言葉は悪いものではないが、それを浴びるのはつらい」

ただ単に、伯母は気を遣いすぎなのだというのが僕の見立てだ。

彼らと話したあと、しばらくぶつぶつと独り言を言っている。あの時こう言えばよかった、ああ反応すればよかった、あんな返事をして傷つけてしまったのではないか……そういう後悔を口に出している。

そこから立ち直るには何日かよく寝て、記憶が薄れていくのを待つしかない。

一度、いったい、どういう基準で人を選んでいるのか、聞いたことがある。

「まずはとても傷ついている人、疲れている人」

彼女は即座に答えた。

僕は思わず、微笑んだ。本の仕事に携わってつらい思いをした人を助けたい、というのはとてもいい理由だと思ったから。しかし、そのあとの言葉を聞いて、笑顔が引っ込んだ。

「そして、秘密を抱えている人。それをうまく使えば、私の言いなりになるような弱みを」

「どうして、そんな」

「人は変わる。今後、何があるかわからない。何かあった時、すぐに対処できるように。あなたやここを守るためよ」

伯母は決して、優しいだけの篤志家《とくしか》ではない。昔からわかっていたことだが、改めて認識させられた。

僕はその時、思った。伯母が自分を守ってくれるように、自分はここと伯母とここで働く人、すべて守ることはできるのだろうか。むずかしいことだけど、なんとかやりとげなくてはならない、と。

これまで彼女は図書館に関して表舞台には立たず、そこや寮を掃除する生活には十分満足しているようだった。館員の誰とも話さないが、彼らのことを一番知っているのは自分だ、と時々自慢していた。

「その人の読んでいる本について話せばどういう人かなんてわかる」

「そうかな?」

僕にはよくわからない。

「あとはその人の本棚を見ることね。本棚にはその人の願望が詰まっている。どんな人間になりたいか、ということがそこでわかる」

実は、彼女はあの寮であるアパートのマスターキーを持っている。まあ、掃除をしているし、あそこの実質的な大家であるのだからしかたないけど、彼女は時々、彼らの部屋に入って、本棚を見ているらしい。

「何もしてないのよ。ただ、本棚をチェックするだけ」

伯母がどんどん自分の殻に閉じこもり、偏屈になっていくことが心配だ。それはこれから気をつけていかなければならない。

もしかしたら、伯母は自分が思っている以上にあの人を愛していて、彼とは一緒になれない運命や当時の判断への後悔が、自身を苛《さいな》んでいるのかもしれない。

まあ、それを尋ねてもたぶん、否定すると思うけど。

彼には二冊の著書がある。一冊は自分の本名で出した自国の経済に関する専門書、そして、もう一冊は密かに英語で書いてイギリスだけでペンネームで出版された恋愛小説だ。

それこそが、伯母がここを作ったもう一つの理由だ。

小説家としての彼の蔵書を自分の近くに置くこと。

昔、伯母は彼の自宅の図書室で何時間も過ごしたらしい。一人で。時には二人で。彼の恋愛小説も伯母のアドバイスを受けながらそこで生まれたそうだ。彼の蔵書は、死後、日本の「図書館」に寄贈されることが遺言書に残されている。それは、得体の知れない東洋の女個人では決してもらえないものなのだ。

ここを「夜の図書館」にしているのは、他でもない、伯母からの要望だ。

最初の頃、なぜ、夜しかやらないのかと尋ねると、「昼間は日の光で貴重な本が傷むから」

「あの人の国と日本の時差は六時間。あの人からの連絡は夜来るから、夜行動した方がいいの」とか言っていたけど、本当は昼間の時間は自分が使っているからだ。

昼間、彼女はこの図書館の真実の主人となる。ただただ、この本と言葉の海に浸って、読書を続けている。

この図書館に私財をなげうっている以上、そのくらいの贅沢は許されると僕は思う。

ただ、二宮公子の事件は彼女をひどく疲弊させた。

「しばらく図書館を閉めたい」

すべてを報告したあと、彼女は頭を抱えてそう言った。

「しばらくっていつまで?」

僕は声が震えた。樋口乙葉さんも気がつき始めているように、もう二度とここが開かない気がしたのだ。

「しばらくと言ったら、しばらくよ」

伯母は眉の間にシワを寄せて、それしか答えなかった。

図書館と一緒に、彼女も閉じている。

休みの間に、なんとか彼女を開かなくては。

実は僕は今、それで頭がいっぱいだ。ここを伯母から守らなくてはならない。

図書館の玄関の蛾の標本は、彼から贈られたものだ。彼はさまざまな大学や財団に寄付をしているが、昆虫の研究もそれに含まれていて、新種の蛾に名前をつけないかと誘われたのだ。

伯母の名は小林虹子という。虹の子、と書いてこうこと読む。

＊　＊　＊

蔵書整理は休暇が始まる二日前くらいにほぼ終わった。幸い、紛失している本はなく、蔵書印が押してないもの（二宮公子が置いていったと思われるもの）だけ、二冊見つかった。

最後の一日は、掃除をしたり休暇明けにお客様を迎えるための各自の準備をしたりすることになった。

乙葉と正子、亜子たち、蔵書整理係は白川忠介と高城瑞樹の蔵書を会議室から蔵書整理室に移した。休み明けはこの仕事から始まることになっていた。手の空いている他の人たちも手伝ってくれた。

「食堂に木下さん、来てるよ」

台車で本を運んでいる途中で、みなみに耳打ちされた。

「そうなの!?」

「夜食作ってくれるんだって」

なんだか、急に元気が出てきた。

本を運び終わったあと、正子たちに断っていそいそと食堂に向かうと、本当に店に明かりが灯っていて、木下がカウンターの中で働いていた。

「木下さん、お久しぶりです！」

「ああ」

彼は短く答える。照れているのか、面倒くさいのか、小さくうなずいただけだった。

「何か、食べられるんですか」

「うん。そこに座って待っていて」

みなみや徳田とおしゃべりしていると、木下がエプロンを着けたまま近づいてきた。

「本当は来る気なかったんだけどさ、今日、蔵書整理の最後の日だなって思ったら、なんか、食べさせてやりたいなって思っちゃって」

「ありがたいです！」

乙葉は深く頭を下げて礼を言った。

「それで、何がいただけるんですか」

「気がついたのが夜だし、なんにもないんだけど、ここに買い置きしてある缶詰とかでできるものでいいかな」

「もちろん」

「さっき慌てて炊飯器のスイッチを入れたからね。炊けるまであと少しかかる。十分くらいかな」

「木下さん、他に何人分くらいできるんですか」

「ご飯はたっぷり炊いたし、缶詰は結構あるから、食べたい人はいくらでも」

「じゃあ、他の人とかも呼んできていい？」

「ああ、いいよ。あと、地ビールも買い置きがあるから、皆で打ち上げでもやったらどうだい」

「やった！」

乙葉とみなみは走って一階に降りていき、篠井や正子たちに声をかけた。もちろん、受付の北里にも。

「あたしもいいんですか？」

「今まであそこではほとんどご飯を食べたことはないんだけど……」

亜子たちは少し申し訳なさそうだったが、嬉しそうだった。

乙葉とみなみが食堂に戻ると、すでに料理ができて、テーブルに並んでいた。

「本当に、ただ、あり合わせの缶詰で作ったもんだからね。期待しすぎないでね」

それは丼で、ご飯の上に小さめの魚が四、五匹並んで、ネギが散らされているものだった。

それと椀に入った汁が置いてあった。

「……これはなんですか？」

「まず、食べてみて」

乙葉は丼を手に取った。小さな魚とご飯を一緒に口に入れる。

「……木下さん、おいしいです。なんだかわからないし、見た目やけにシンプルなのに、めちゃくちゃおいしい」

「それは、オイルサーディンの缶詰をフライパンで温めて、醤油をじゅっと垂らして、ご飯に油ごとかけたやつ。それだけ。ネギはここに来る途中、コンビニで買ってきた、というか、開いているのはコンビニくらいしかなかったから。結構、いけるだろ」

「はい。ご飯、もりもり食べられます」

「森瑤子《もりようこ》のエッセイの中にあった料理だよ。汁は乾燥ワカメと卵のかき玉汁」

乙葉たちが食べていると、その日、図書館に登館している人たちが全員集まった。

木下は皆に、どのくらいお腹が空いているかや好き嫌いなどを尋ね、順番にオイルサーディン丼を出していった。そして、全員に渡ると、地ビールの小瓶も用意してくれた。

「ちょっとした打ち上げになったね」

みなみが乙葉にささやく。

「そうですね……みなみさん……」

「ん？」

地ビールの瓶に直接口をつけて飲んでいたみなみがこちらを見た。皆、木下の洗い物が少しでも減らせるように、瓶のままラッパ飲みしていた。

「やめるなんて言わないでください、さびしいです」

あたりには聞こえないくらいの声で言った。

「こういうの、楽しいじゃないですか。たぶん、他の会社ではできませんよ」

「……まあ、いろんなところを見て、ちょっと考えてみるよ」

考えてみる、という言葉にすべてが込められている気がした。

きっとみなみはこの一週間で、面接をしたり見学をしたりしながら本当に、ちょっと考えるんだろう。その答えがどのようなものであっても、乙葉たちには止められないし、否定はできない。

少し離れたところで正子と亜子が二人並んで食事をしていて、その二人に木下が話しかけている。めずらしいスリーショットだが、今夜は他にもそういうのがあって、徳田は篠井に何か熱心に話しているし、渡海と北里も微笑み合っている。二人は恋人同士に見えるほどお似合いだったが、だからと言って、別に付き合っているわけでもないだろう。でも、将来、そうなってもいいとも思う。

ここにいる人たちが、どんな選択をしようともいいのだ。

自分は篠井とはこれからどうなるのだろうか。

できたら、もう少し近づきたい、一緒にいたい、彼の言葉を聞いていたい。

後で、彼の近くに行こう。ご飯を食べながら話をしたい。

だけど、たとえそれができなくても、今のこの雰囲気全部が貴重で、とてもいい時間で、でも、きっとこれは永遠ではない。

乙葉はさりげなく、店を出た。振り返って誰も自分に気づいていないのを確かめて、一階に降りた。

受付の近くにある女子トイレをのぞくと、小林が便器を磨いていた。床に膝をつき、顔を便器の中に入れるようにして、雑巾で必死にそれをこすっていた。入館者がいないのだから、そこまで汚れているとは思えなかった。

その姿をじっと見ていたら、なんだか、妙な感動が胸に湧き上がってきた。

「私も手伝いましょうか」

本当は別のことを言おうと思っていたのに、口をついて出てきたのはそれだった。

小林はゆっくりとこちらを向いた。三角巾を深くかぶり、大きなマスクをしている顔は目元がチラリと見えるだけだった。彼女は何も答えず、ただ、首を振った。そして、また、便器を磨き始めた。

「いえ。私も手伝います」

そうだ。どうしてこれまでそうして来なかったのだろう。

乙葉は、小林がいつも傍に置いている、掃除台車から雑巾を手に取ると、小林が掃除しているトイレの隣の個室を開けた。そこは和式便所で一瞬、戸惑ったが、小林以上に深く床にひざまずいてそれをこすった。

小林は何も言わなかった。

「やめないでください」

乙葉は便器を見つめながら言った。やはり、返事はなかった。聞こえなかったのかと思って、もう一度くり返した。

「小林さんが図書館のオーナーじゃないかって私思ってるんです……私、ここが大切なんです。ここをやめないで……」

「……あなた、書店にいた時、事件を起こしてたわよね。ここに来る前」

初めてちゃんと聞く、小林の声だった。思ったより張りがあり、若くて綺麗な声だったけれど、そんなことより内容の方に驚いた。

「どうして知ってるんですか」

「あなたが一人でいた時、レジから大きなお金がなくなって、あなたが犯人とされた」

「それは違います。私がやったんじゃありません」

「でも、店をやめさせられた理由はそれよね。でも、誰にも言えないでいる。私が言ってもいいかしら」

「え」

「例えば、あなたの親や篠井に言ってもいい？　本当のことを」

「そんな……」

「じゃあ、余計な口出しはしないことよ」

乙葉は雑巾をつかんだまま、小林の後ろに回った。掃除している彼女を見つめる。

面接の時、オーナーは書店をやめた理由を聞かなかった。必要なかったのだ、もう知っていたから。

「あれは私がやったんじゃありません。絶対、違います」

あれを盗んだのは店長だと乙葉は疑っていた。だけど、確証はないし、彼には家族がいる。大騒ぎはできなかった。

「小林さんがそれを言いつけたいなら、かまいません。いえ、私から自分で皆に言います。だから、ここを続けてください。私にも他の人にもここが必要なんです。ここがなくなったら、行くあてのない人もいる。それに、オーナーのこと、誰にも言いませんから」

小林はまたゆっくり、振り返った。乙葉の目をじっと見つめる。

「言わなくていい」

「え」

「あなたが盗ってないってわかってる。信じてるからここに呼んだの」

急に目頭が熱くなった。

「もう、行きなさい。皆のところに戻りなさい」

「でも……」

「大丈夫、あなたたちが困るようなことにはしない。私がここに呼んだ責任はあるから」

「本当ですか?」

「私が責任は取ると言ったら、取るのよ」

「……わかりました」

乙葉は雑巾を戻して、洗面台で手を洗った。その時、頬が濡れ、自分がぶるぶる震えていることに気がついた。

食堂に入っていくと、前と変わらず、皆は食事をしながら話をしていた。

徳田と話していた篠井と、目が合った。彼は何かを尋ねるような表情で乙葉を見ていたが、徳田に話しかけられると、彼の方を向いた。

また、みなみの隣に座る。

「どうしたの？」

彼女はビールを飲みながら尋ねた。

「何がですか？」

「どこに行ってたの？　長かったから……」

「トイレに行ってました」

嘘ではない。

「そう」

乙葉がしてきたこと、話したことなど知らず、皆はおしゃべりと食事を続けていた。

ここは続くのだろうか。オーナーは自分との約束を果たしてくれるのか。

乙葉は目をつぶった。皆の声が遠くに聞こえるように感じるのは、酔っているからなのだろう。

ここがいつまであるかなんて、わからない。

それでも、永遠でないからこそ、こんなに美しいのだと乙葉は思った。

参考図書

『しろばんば』井上靖　新潮文庫
『向田邦子の手料理』向田和子　講談社
『アンの青春』L.M.モンゴメリ　松本侑子訳　文春文庫
『赤毛のアンのお料理ノート』文化出版局編　料理　本間三千代・トシ子
『L.M.モンゴメリの「赤毛のアン」クックブック』ケイト・マクドナルド、L.M.モンゴメリ　岡本千晶訳　原書房
『田辺聖子の味三昧』田辺聖子監修　講談社
『森瑤子の料理手帖』森瑤子　講談社

この作品は「WEB asta*」に二〇二一年三月〜七月まで連載された「夜の図書館」に加筆修正しました。

原田ひ香（はらだ・ひか）

1970年、神奈川県生まれ。2005年「リトルプリンセス2号」で第34回NHK創作ラジオドラマ大賞受賞。07年「はじまらないティータイム」で第31回すばる文学賞受賞。『三千円の使いかた』で宮崎本大賞受賞。他の著書は『老人ホテル』、『財布は踊る』、『古本食堂』、『一橋桐子（76）の犯罪日記』、『ランチ酒』シリーズ、『三人屋』シリーズ、『まずはこれ食べて』、『口福のレシピ』など多数。

図書館のお夜食

2023年6月19日　第1刷発行
2023年7月6日　第2刷

著者　原田ひ香
発行者　千葉 均
編集　三枝美保
発行所　株式会社ポプラ社
〒一〇二-八五一九
東京都千代田区麹町四-二-六
一般書ホームページ　www.webasta.jp

組版・校閲　株式会社鷗来堂
印刷・製本　中央精版印刷株式会社

落丁・乱丁本はお取り替えいたします。

電話（0120-666-553）または、ホームページ（www.poplar.co.jp）のお問い合わせ一覧よりご連絡ください。
※電話の受付時間は、月〜金曜日10時〜17時です（祝日・休日は除く）。

読者の皆様からのお便りをお待ちしております。
いただいたお便りは著者にお渡しいたします。

N.D.C.913/321p/19cm　ISBN978-4-591-17824-9
P8008428